クリスマスの最後の願いごと

ティナ・ベケット　作
神鳥奈穂子　訳

ハーレクイン・イマージュ
東京・ロンドン・トロント・パリ・ニューヨーク・アムステルダム
ハンブルク・ストックホルム・ミラノ・シドニー・マドリッド・ワルシャワ
ブダペスト・リオデジャネイロ・ルクセンブルク・フリブール・ムンバイ

THE BILLIONAIRE'S CHRISTMAS WISH

by Tina Beckett

Published by Harlequin Japan, a Division of K.K. HarperCollins Japan, 2024

ティナ・ベケット

ゴールデン・ハート賞の最終候補に 3 度も選ばれた実力派。軍人の家庭に生まれ、アメリカ合衆国、プエルトリコ、ポルトガル、ブラジルを渡り歩いてきたため、字を習うより先にスーツケースに荷造りすることを覚えた。旅行に加えて、ペットのパグを抱っこすること、家族と過ごす時間、乗馬を愛している。

主要登場人物

マディスン・アーチャー……診断専門医。
セオ・ホークウッド……外科医。ホープ子ども病院の経営者。
アイビー……セオの娘。
ホープ……セオの亡き妻。
ジュディ……ホークウッド家のハウスキーパー。
ネイオミ・コリンズ……ホープ子ども病院の物理療法士。
マルコ・リッチ……ホープ子ども病院の外科医。
アリス・バクスター……マルコの妻。ホープ子ども病院の外科医。
ライアン……ホープ子ども病院の外科医。
ドゥードル……セラピードッグ。

1

「セオ、アイビーがあなたを呼んでいます」

看護師から電話でそう告げられ、セオ・ホークウッドは心臓が胃に落ちるような感覚を味わった。

「具合がまた悪くなったのか？」

そうに決まっている。娘のアイビーはもう何カ月も〝具合が悪い〟。だからこそアイビーの病室を、セオのオフィスの近くに移してもらったのだ。

「いえ、あなたに会いたいだけだと思います」

なじみのある痛みが胸に広がった。五年前、セオの妻が急逝した。その結果、セオの人生には大きな穴が空き、手もとに幼い娘が残された。そして今、その娘が重い病気になった。しかも病名がわからない。このうえ娘まで失うことになったら……。

絶対にそんなことになりはしない。セオは自分に言い聞かせた。最高の診断専門医がこの病院に来てくれたのだから。

「すぐに行く。ドクター・アーチャーにも連絡してくれ」

「ドクターならもうアイビーの病室にいます。彼女があなたを呼んでほしいと言っているんです」

携帯電話をジーンズのポケットに突っこみ、セオは請求書の積まれたデスクから立ち上がると髪をかき上げた。アイビーが病気になってから、すでに数カ月が経《た》っている。それなのに、なぜアイビーの手足の筋肉が日ごとに弱っていくのか、いまだに理由がわからない。セオはすべての希望を診断医のマディスン・アーチャーに託していた。けれど可能性のある病気が一つ、また一つと除外されるたびに、失望を味わわされてきたのも事実だった。

オフィスとファミリースイート――つき添いの家族が泊まれる続き部屋つきの病室――の入る病棟をつなぐ廊下を大股で歩きながら、セオはにぎやかなクリスマスデコレーションから目を背けた。娘の前でこそ朗らかな態度を心がけているが、胸で渦巻く感情はとても朗らかとは言えない。あとどのくらいアイビーをごまかせるだろう。

ことによると、娘はもう勘づいているかもしれない。

娘の病室まで、セオはまっすぐ前だけを見て進んだ。わざわざノックはせず、そっとドアを開けたとたん、セオはぴたりと足を止めた。ベッドに腰をかけたマディスンが、アイビーと額を寄せ合って……笑っていたからだ。

マディスンが声をあげて笑うところなど、これまで見たこともなかった。

マディスンは仕事にしか興味を示さないように見えた。階段の手すりに飾ったイルミネーションに何の感想も述べなかったせいで、《クリスマス・キャロル》の冷血漢になぞらえてスクルージ呼ばわりされている場に出くわしたことさえある。

それなのに今はどうだ。赤みを帯びた長い金髪に隠れて顔は見えないが、マディスンは何かをメモ帳に書きつけながらくすくす笑っている。「本当にそれでいいの？」

「うん」アイビーが答えた。

胸の奥がずきりと痛んだ。

「いったい何の話をしているんだ？」

セオが質問したとたん、笑い声がやみ、マディスンは慌ててメモ帳を閉じた。

考えなしに発言したことをセオは後悔した。できることなら口から出た言葉を撤回したかった。

髪を後ろに払いのけた拍子にマディスンの顔があらわになった。眉間にしわを寄せ、こちらを見つめている。

しっかりしろ。セオは自分を叱りつけた。てっきりアイビーに何かあったのだと思いこみ、いきり立ったスズメバチのように飛びこんでしまった。

攻撃するべき相手などどこにもいないのに。そこにあるのは、正体のつかめない謎の病気だけなのに。セオにとって無力感はこの世で最も忌むべき感覚だった。五年前、飲酒運転の車にはねられて妻を失った悲しみよりも。少なくとも妻の死は具体的に理解できたし、責めるべき相手もはっきりしていた。けれど、アイビーの病気はつかみどころがない。

「大丈夫？」マディスンの顔に、医者らしい気遣いのまじった微笑《ほほえ》みが浮かんだ。やれやれ、彼女のどこが冷血漢なんだ。

「すまない。病室に来てくれと呼び出されたものだから、てっきり……」セオの声が小さくなって消えた。以前のようにアイビーがベッドから飛び下りて、セオの脚にしがみついてくれないことが悲しかった。喉に塊がつかえたようで息が苦しい。

もはやアイビーは歩くこともできないのだ。

マディスンはメモ帳をチュニックのポケットに入れ、ベッドから下りてセオに近づいてきた。すらりと脚の長いマディスンは、立つとセオの目の高さほどの身長がある。セオと話すためにはわずかに顔を上げる必要があるが、小柄だった妻ホープのように大きく首を曲げなくてもいい。

僕は何を考えているんだ？　やましさを覚えて、セオはごくりと唾をのんだ。

マディスンがそっとセオの肩をつかんだ。そのとたん、熱い何かがセオの背筋から脳へと駆け抜けた。

「言いかけたことは最後まで言って」

アイビーを不用意に怖がらせないよう、暗に忠告されているのに気づいてセオはうなずいた。

「ああ、ごめんよ」思ったよりもずっと落ち着いた声が出た。

声が出た。「君たちは何の話をしていたんだい？」

「アイビーと相談していたのよ……クリスマスのことを」

セオは目をぱちくりさせた。何だか妙だった。

〝クリスマス〟の前にぎこちない間があった。それにクリスマスと言うとき、彼女は変に早口だった。

ひょっとしてアイビーの命がクリスマスまで保《も》たないというのだろうか。クリスマスはほんの二週間先なのに？　そう思うと顔に冷や汗がにじんできた。

「クリスマスのことだって？」

ずっと黙っていたアイビーが口を開いた。「サンナクロースへのお願いとか、パパにあげるプレゼントとか」

舌っ足らずなサンタの呼び方にセオの口もとが緩み、安堵《あんど》で肩から力が抜けた。セオがサンタと訂正し、アイビーがわざとサンナと言い続けるのが、父子の間ではお決まりのジョークだったからだ。

セオは娘に、それからマディスンに目を向けた。

「おまえが元気になってくれるのが、パパには何よりのプレゼントだよ」

込められるだけの希望を込めた言葉は、マディスンに向けたものだった。

グリーンの瞳の奥をためらいがよぎった。たちまち、さっき感じた安堵が消え去った。この病院を建てる前、セオがまだ臨床外科医として働いていたころ、患者の家族に明るい見通しを約束できない経験を何度もしたものだ。今のマディスンも、あのときのセオと同じプレッシャーを感じているのだろうか。なお悪いことに、アイビーはもう見込みがないと思っているのだろうか。

その可能性と向き合いたくなくて、セオは娘に尋ねた。「今日は一度でもベッドを出たのかい？」

「うん。マディスンに手伝ってもらったんだ」アイビーはいつも持ち歩いている手縫いの人形を、大儀そうに胸に抱き寄せた。「でもガーティは連れていけなかった。今日はとっても重かったんだもの」

胸の痛みが強くなった。その人形は、アイビーが生まれる数カ月前にホープが作ったものだ。

「車椅子で？　それとも自分で歩いたのかい？」目は娘に向けながら、セオはマディスンに尋ねた。

マディスンがアイビーの頭を撫《な》でた。「パパと廊下でお話ししてくるわ。願いごとリストの続きを考えておいてね」

アイビーはあくびをした。「うん、わかった」

マディスンは先に立って部屋を出た。そしてドアが閉まると口を開いた。「五分もしないうちにあの子は眠ってしまうわ」

マディスンは僕の質問に答えるのを避けているのだろうか。「車椅子か、自力で歩いたのか」

「この一週間アイビーが自分の足で歩いていないことは、あなたも知っているでしょう、セオ」

「ああ。だが、ひょっとしたらと……」セオはしばらくの間ぎゅっと目を閉じた。「これまでに除外できた病名を教えてくれ」

「メールでリストは送ったはずだけれど。私が来る前に、ここのスタッフが可能性の高い病気の大半を除外してくれていたわ」マディスンは髪の束を耳の後ろにかけ、しばらく毛先をもてあそんでから答えた。「脳腫瘍ではなかった。神経系に異常を引き起こすような病巣も見つからなかった。昨日、筋肉の組織検査の結果が出たけれど、肢体筋ジストロフィーの兆候もまったく見られなかった」釈然としないセオの表情を見て、マディスンは急いでつけ加えた。「これはいいことよ」

「それならなぜアイビーの手足は、徐々に力が入らなくなっているんだ？」命に関わるような病の兆候がないことに安堵するべきなのに、娘を助けられないいらだちでセオの声が尖《とが》った。

「わからないわ」マディスンは大きく息を吸って吐いた。「とにかく、可能性を一つずつ確かめていくしかない。ただ、ことを急いで何かを見逃してしまい、後からチェックし直すようなことはしたくないの。失った時間を取り戻す術《すべ》はないのだから」

そのとおりだ。失ったものは失われたままだ。

セオはできるだけ〝失う〟という言葉は考えないようにして、プラスの面だけに目を向けた。マディスンは万策尽きたわけではない。少なくとも、今はまだ。

「多発性硬化症の可能性は？」多くの場合は成人してから発症する病気だが、セオが調べたところ、ごくまれに子どもが発症するケースも見つかった。

「これもまた、脳に病変が見当たらないわ。MRIの画像はこれでもかというくらい入念にチェックしたけれど、異常はまったく見つからなかった」

「ちくしょう」

袖をそっと引かれて、セオはマディスンに目を戻した。「心配するべきときが来たら知らせるわ。今はまだ、そのときじゃない」

「いや、もうそのときだ。君の顔を見ればわかる」

「これは心配している顔じゃなくて、答えが見つからなくて困っている顔よ。私はあらゆる可能性を探っているわ」マディスンの指に力がこもった。

「わかっている、マディスン。君をアイビー専属の医師のように扱ってしまってすまない」

「アイビーの治療チームの一員に加えてもらって感謝しているわ。アイビーはここホープ子ども病院の大事な患者さんだもの」

亡き妻にちなんでつけた病院名だった。自分の病院を建てるという夢を叶《かな》えるため、セオが昼夜を問わず働いている間、ホープは自分のキャリアを中断し、アイビーを育てるために家庭に入ってくれた。それなのにホープは病院の完成を見ることも、再び医師として働くこともないまま、この世を去った。彼女が生きている間に妻子との時間を大事にしなかったことを、セオは今でも後悔していた。

セオは壁に寄りかかり、正面からマディスンを見つめた。その拍子に、セオの袖をつかんでいた彼女の指が離れた。

「僕に手伝えることはあるか？」

「あなたの考えを聞かせて。どんなに突拍子もない思いつきでもいいから。実はライム病に感染した可能性を考えて、抗原検査を頼んでみたの」

「ライム病だって？　僕はやはり脳に問題があるような気がするが」

マディスンが眉根を寄せた。そんなつもりはなかったが、彼女のＭＲＩ画像の解読に難癖をつけたように聞こえたのかもしれない。けれどセオとしては、脳神経系に何らかの障害が生じたせいで筋肉が上手《うま》く動かなくなった可能性を、どうしても捨てることができなかった。

「私もそうに違いないと思っていたわ。でも脳には何の異常も見られなかったのよ、セオ」

マディスンに名前を呼ばれるたび、セオは体の奥がうごめくのを感じずにはいられなかった。多くのスタッフが彼を肩書きではなくファーストネームで呼ぶ。けれど子音を強く発音するイギリス英語ではなく、アクセントの柔らかいアメリカ英語で呼ばれると、長い間凍りついていた体の一部分が熱くなるのがわかる。

マディスンは今の状況に希望を、そして新しい切り口をもたらしてくれる人物だ。彼女の人事ファイルには、妥協を許さない仕事の進め方が欠点として挙げられていた。チームプレイが苦手で、結論がまとまっても平気で異議を唱えるし、満足がいくまで検査をやり直すことに躊躇《ちゅうちょ》しない、と。けれどセオは、今の状況においてそれは欠点ではなく強みだと感じていた。

「次は何をするつもりだ？　アイビーは頭痛も訴えていないし、症状は手足の筋力が衰えていくことだけだ。その衰えが呼吸や自律神経にまで及んだらと考えたら、僕は――」

「頭がおかしくなりそう？　ええ、ここのスタッフはみな同じ気持ちよ」

マディスンの指が再びセオのシャツの袖をもてあそび始めた。まるでセオを慰めたいが、肌に直接ふれるのは怖いと言いたげだった。

「原因は必ず私が突き止めるわ」

今のセオにとって、彼女が直接ふれてこなくても温かい息がかかるだけで、結果は同じだった。彼女の声が毛穴から血管に入りこんで全身を巡り、呼吸や鼓動や思考を狂わせる。そして亡くなった妻しか入れなかったテリトリーまで入りこもうとしている。さすがにそこへの侵入を許すわけにはいかなかった。

「そうだろうとも」セオはそっとシャツの袖をマディスンの指から引き抜いた。「君が原因を突き止めてくれるのを、僕もアイビーも当てにしている」

そう言ってセオはそそくさとその場を離れた。アイビーがクリスマスにどんな計画を立てているのか、その計画にマディスンも一枚嚙《か》んでいるのか尋ねることなく。

前任のドクター・カマルゴのオフィスがまだ改装中のため、とりあえず与えられた小さなオフィスに戻ったマディスンはポケットのメモ帳をまさぐった。メモ帳を見せろとセオに言われなくて幸いだった。セオはマディスンが娘と笑っているところを見て驚いたようだったが、マディスンのほうはアイビーの告白に胸が痛んで、笑顔を保つのに苦労していた。なぜならアイビーの最初の願いごとは、父親にクリスマスを好きになってもらうことだったからだ。

クリスマスが大嫌いなのは私だけではなかったらしい。でもそんな私の力で、誰かにクリスマスを好きになってもらう手助けができるとは思えない。

マディスンはデスクに置かれた分厚いファイルの最初のページを開いた。そこにはアイビーの基本的なデータが記されている。あの子は五歳という年齢にしては非常に聡明《そうめい》だ。アイビーはセオが思っている以上に、父親の気持ちを見抜いているに違いない。

セオが妻を亡くしていることは、病院スタッフから漏れ聞いていた。左手の薬指にはもう指輪がなかったから、妻の死はもう乗り越えたのだろう。いや、必ずしもそうとは言い切れない。この世には、大切な人間との死別から立ち直れない人間もいる。

マディスンがそうだったように。もっとも彼女が失ったのは夫ではなく、恋人でさえなかったけれど。

沈んだ気持ちをふり払い、マディスンはポケットのメモ帳をデスクに出した。セオに怪しまれずに、なおかつ彼を怒らせずに、アイビーの願いごとを叶える方法を考えなければならない。父親が娘を案じているのと同様、娘も父親を案じていることをセオは幸せに思うべきだ。アイビーは幼く、しかも病身だが、父のために元気になろうという固い決意はこの上なくいじらしかった。

メモ帳の最初のページを開いたマディスンは、リストの一つめを見ないようにしつつ、二つめ以降に目を通した。

〝新しい聴診器――できれば紫色のもの。アイビーのいちばん好きな色だから。

馬に関する本――セオにもアイビー同様、馬が大好きになってほしいから。

大人用の塗り絵――看護師の一人が、大人も必ず一冊は持つべきだと主張していたから〟

セオがクレヨンを握っているところなど想像もできなかった。もしセオが塗り絵をしたら、輪郭線から絶対にはみ出さずに塗るタイプだろう。

〝マカロニ・チーズ――セオの好物に違いない。サンタの袋にキャセロールを入れてもらわなくては。子犬――やれやれ！　帰宅して、ツリーの下に子犬が待っていると知ったセオが喜ぶとは思えない〟

目下のところリストはここまでだった。マディスンはしぶしぶ一つめの項目に目を向けた。

〝パパにクリスマスを好きになってもらうこと〟

本物のサンタでも、この願いを叶えるのは難しいだろう。他の項目はまだ何とかなる。子犬はともかく、それ以外のものはあまりお金をかけずに手に入るから、きちんと包装してサンタからのプレゼントということにすればいい。

それにしても、いったい私はなぜこんなことをしているのだろう？

私がここに来たのは、診断の難しい症例に対処するためなのに。イギリスを訪れるという長年の夢を叶えるためなのに。ようやくイギリスに来られて、私は天にも昇る心地でいてもおかしくない。それなのに新しいウールのセーターを素肌に着ているような、むずむずした居心地の悪さを感じるのはなぜだろう。

きっと、もっと外に出てイギリスを見て回るべきなのだ。明けても暮れても病院の中で過ごすのは健康的とは言えない。

なのにアイビーが気になってたまらず、いつの間にか彼女のそばにいる時間がどんどん長くなっている。たしかにこの病院に来たのはアイビーの病名を突き止めるためでもあったから、彼女の体調を把握するためだと自分をごまかしているが、本当はそうでないこともわかっていた。

なぜアイビーが気になるのか、なぜセオのそばにいるときまりが悪いのか理由をきちんと突き止めておかないと、馬鹿なことをしてしまいかねない。たとえば、アイビーが自分の娘だったらと夢想してしまうようなことだ。

マディスンは慌てて立ち上がり、背中で手を組むと、上半身を前に倒しながら組んだ手を後ろに上げていった。体を動かすことで、頭から妙な考えを追い払いたかった。より高く、より力を込めてストレッチをしていると、ノックに続いてドアが開く音が聞こえた。

「ドクター・アーチャー？」

マディスンはその場で凍りついた。幸い、聞こえてきたのは女性の声で、二時間ほど前に、そそくさとマディスンの前を立ち去った男性のものではなかった。

マディスンが腕を下ろすと、ドア口に理学療法士のネイオミ・コリンズの姿が見えた。

「おかしな格好をしていてごめんなさい。首が凝っていたからほぐそうと思って」

ネイオミはくすくす笑った。「いいのよ。私だって一人のときには、人には見せられないことをしているときもあるわ」ネイオミはもう一度笑った。「変な意味に取らないでね」

「もちろん」安心させるようにマディスンは微笑んだ。マディスンが何を考えていたか知ったら、ネイオミのほうがぎょっとするに違いないのだから。

「何の用かしら」

「アイビーのことで相談したかったの。明日はどんな運動をさせたらいいと思う？」

きめが細かくて浅黒い肌のネイオミはとても美し

かった。彼女はアイビーを含め、幼い患者にはとても人気がある。

「アイビーの担当医は私一人じゃないわ」

ネイオミはオフィスに入ってくるとドアを閉めた。

「ええ。でもアイビーの病気が解明できるのはあなたしかいないと、誰もが思っている」

「でも、もし解明できなければ？」あっと思ったときには、さっきセオには言えなかった言葉が口からこぼれ出ていた。マディスンはデスクの前のパイプ椅子に座りこんだ。

ネイオミがもう一つのパイプ椅子に腰を下ろした。

「プレッシャーを感じているわけ？」

「まあね。謎を解きたいのはやまやまなのに、今のところ手詰まりなの」どうして自分がいきなり内心の不安を口にしたのか、マディスンにもわからなかった。ただ、目の前のネイオミのまなざしは、彼女が身をもって恐怖を知っていて、そこから抜け出た経験があることを伝えてきた。

「ときには肩の力を抜いて、ちょっと考え直してみるといいわよ。ずっと目の前にあった答えに気がつくのは、たいていそういうときだもの」

これはアイビーについての話なのだろうか？　それとも何か別のことに関する話なのだろうか？

「それで上手くいくことを願うわ」

「大丈夫、上手くいくわよ」ネイオミは身を乗り出して、マディスンの手を取った。「自分から一歩か二歩下がって、問題を広い目で捉えてみて」

「ありがとう。何よりのアドバイスだったわ」マディスンはネイオミの手を優しく握った。「フィンと上手くいっているか、訊《き》いてもいい？」ネイオミと小児外科医のフィン・モーガンは、誰もが羨む夢のようなロマンスを育んでいる。

ネイオミはいたずらっ子のように鼻にしわを寄せ、愛らしく笑った。「もちろんかまわないわ。とっても順調よ。上手くいきすぎて怖いくらい」

「順調に行って当然よ。あなたには幸せになる資格があるもの」聞くところでは、ネイオミは故国の紛争で愛する者を亡くし、とてもつらい経験をしてきたらしい。けれど彼女は悲しみを乗り越え、今を生きようとしている。

「ありがとう。フィンはとっても素敵な人よ」ネイオミは大きく息を吸って、姿勢を正した。「それで、アイビーのことなんだけれど」

マディスンは明日アイビーにどんな物理療法を施してほしいか説明した。アイビーは自力で歩くことはおろか、リハビリ用手すりの助けを借りて立つこともできないが、それでもわずかに残っている筋肉の力はできるだけ使わせたい。バランスボールを蹴ったり、トレーニングチューブを使ったりして、筋萎縮が進むスピードを少しでも遅くするのが、目下の最大の目標だ。

「同感だわ。それがいちばんいいと思う。実は私も今日、トレーニングチューブを試してみたの。今のところ、筋肉が衰える速度を遅らせて、その間に病気の原因を突き止めるしかないものね」

「ありがとう。これでかまわないか、セオに確認を取りましょうか？」

ネイオミは首を横にふった。「セオなら同意してくれるに決まっているわ。効果がありそうなことを見つけたくて必死だもの。それに病院スタッフもみんな、セオ同様、アイビーが病気に打ち勝つのを願っている」そう言ってネイオミは立ち上がった。

「帰る前に、アイビーの様子を見てくるわね」

「ありがとう。それにさっきのアドバイスもありがとう」

ネイオミはまっすぐにマディスンを見つめた。

「あれはアドバイスじゃないわ。真実よ」

ネイオミが出ていくと、マディスンは彼女に言われたことに思いを巡らせた。もしかしたらネイオミの言うとおりかもしれない。私は顕微鏡で見るように狭い範囲にしか目を向けていなかったのかもしれない。本当は、海に網を投げるような方法で原因を探すべきだったかもしれないのに。

言うは易《やす》く行うは難《かた》しだ。でも考えれば考えるほど、それが正しい方法だという気がしてきた。あとは、それをどう実行するか考えるだけだ。

それもできるだけ早く。今はゆっくり進んでいる筋力低下の速度が、止められないほど速くならないうちに。アイビーのささやかなクリスマスの願いごとがただの思い出となり、父の最後の望みが粉々に砕けてしまう前に。

2

マディスンはオフィスにいなかった。

セオはドアをノックし、狭い部屋をのぞいてから中に入った。勝手に入るのは気が咎《とが》めたが、あちこち捜しに行くよりここで待つほうがいいと思い直した。実を言うと、アイビーの病室を訪ねて、三日前のように二人がないしょ話をしているところに出くわしたくなかった。あれ以来セオは、マディスンが働く場に居合わせないよう努めてきた。セオがつきまとったりしたら迷惑に決まっている。

少なくともセオはそう言い訳をしていた。本当のところは、あのとき逃げるように立ち去った後だけに、マディスンと顔を合わせるのが気まずかった。

セオはパイプ椅子に腰を下ろし、なぜこのオフィスはこんなに質素で、他のドクターの部屋のように柔らかいレザーの椅子やちょっとした装飾がないのだろうと考えた。

なぜなら、そもそもここはオフィスではなく備品倉庫だったからだ。前任者のオフィスの改装工事が遅れたせいで、使えるスペースはここしかなかった。けれどマディスンは一言も不平を言わず、おろそかに扱われていると抗議することもなかった。

デスクはきちんと片づけられ、向かって左手にフォルダーが何冊か積まれているだけだった。いちばん上にアイビーのファイルがのっている。セオはファイルの表紙に手をふれ、中を見たいと思ったが、すぐにその誘惑は消えた。ファイルの内容はすでに聞いたことばかりのはずだ。そのとき、デスクの隅に置かれたメモ帳が目に入った。アイビーとないしょ話をした後、マディスンがポケットに入れたメモ帳に違いない。あの中に何が書いてあるのだろう？病状に関する覚え書きとか？

違う。メモ帳に走り書きしていたとき、マディスンはアイビーとくすくす笑っていた。そして計画を立てていると言っていた。

クリスマスの計画を。

メモ帳はデスクの向こう端にあったから、手に取るには腕を伸ばさなければならなかった。

かまうものか。個人的な日記じゃないのだし。

それにアイビーに関するものなら、父親の自分には見る権利がある。

セオは身を乗り出し、デスクのなめらかな天板にてのひらを走らせた。メモ帳に指をかけ引き寄せようとしたとき、背後にかすかな空気の動きを感じてはっとした。

セオは慌てて身を引き、ドアをふり返った。

入ってきたのはマディスンだった。しまった。盗み読みの未遂現場を見つかってしまった。

「驚いたわ、セオ。私に何か用かしら？」わずかに息を切らせ、マディスンはデスクの向かい側に急ぐと、メモ帳を引き出しに放りこんだ。

間違いなくあのメモ帳には僕に見せたくない何かが書いてある。そう思うと、ますます中を見たくなった。

マディスンは黒いカウルネックのセーターを着ていた。肩からほっそりした腿まで、ぴったりセーターに包まれたマディスンの姿がセオの官能を刺激した。この間、廊下で二人きりになったときと同じように。セオはごくりと唾をのみ、ここに来た理由を思い出して気持ちを引き締めた。

「もちろん用はある。物理療法の方針を少し変えたとネイオミから聞いた。アイビーを積極的に歩かせないつもりなのか？」

「ええ、今のところは」マディスンはデスクの椅子に腰を下ろした。彼女の説明はさっきネイオミが聞かせてくれたのと同じだった。相手の主張はもっともだと思いながらも、セオは見えざるモンスターに負けた気がしてならなかった。敵はスクリーンの陰に隠れて糸を操っており、こちらからはスクリーンに映る攻撃しか見えない。隠れた敵を力ずくで制圧することはできず、間接的な方法で牽制《けんせい》することしかできないのだ。

「それで、次はどうするつもりだ？」

「まだはっきりとは。今日、治療チームのミーティングがあるから、その結果をふまえて考えるわ」

「なるほど。ミーティングで君はどんなことを提案するんだ？」

「ミーティングには二度ほど出たけれど、今日は出席しないつもりよ」

たちまちセオの心が凍りついた。「理由を訊《き》いてもいいか？」ひょっとしてマディスンは、そろそろ諦める潮時だと言いたいのだろうか。

「招かれていないから」

「君はいつだって招かれているさ。むしろ出席を望まれている。僕も君には出席してほしい。金箔《きんぱく》の施された招待状を待っていても無駄だぞ」セオは安心させるような笑みを浮かべたが、彼自身の心は千々に乱れて安心どころではなかった。もしもマディスンがアイビー以外の患者にもっと時間を割こうと決めたのだとしたら？　さらに悪いことに、セオが彼女に惹《ひ》かれていることに気づいて、距離をおこうとしているのだとしたら？　あるいはセオが地位を利用して、アイビーの治療を優先するよう圧力をかけていると考えていたら？

たしかに一人の父親として、セオはあらゆる手段を使ってでもわが子を助けたかった。

その一方で、医者として守るべき倫理があることもわかっていた。セオがこの病院を建てたのは、人を助けたかったからだ。自分の信念に反して、一人の患者に特別待遇を求めるような恥ずかしい真似《まね》はできない。

マディスンが長い髪を肩の後ろに払いのけた。金色に光る髪が、黒いセーターの上で美しく映えた。またしてもセオは下半身のうずきを覚え、平常心を失いそうな危うさを感じた。

彼女が身を乗り出したので、シルクのような髪がデスクをかすめた。

セオは再びごくりと唾をのみ、何か言って気まずい間をごまかそうと思った。けれど先に口を開いたのはマディスンだった。

「私にわかったことは治療チームに知らせてきたし、向こうも私に知らせたい情報はすべて伝えてくれているわ。あなたには妙に感じられるかもしれないけれど、これが私のやり方で、アメリカの病院でもずっとこうしてきたの。私はすべての断片を眺め、それをつなぎ合わせることで病名に当たりをつける。

たくさんの声が聞こえたり、感情がぶつかり合ったりする場所では、その作業をするのが難しいわ」

たしかに専門の違うメンバーが主張をぶつけ合うスタッフミーティングは、往々にして白熱した議論になる。けれどセオはそれが健全だと考えていた。

ホープ子ども病院は、共有される情報が多いほうが患者のためになるという理念のもと、チームで治療に当たる方針を採っている。マディスンが人事ファイルどおりの人物であることをセオは理解しつつあった。彼女は仕事の進め方が非常に独特だ。

とはいえマディスンはアメリカで引く手あまたの診断専門医だ。だから、彼女に合わないやり方を無理強いするべきではないのかもしれない。

「なるほど。君の考えは尊重しよう。ある程度までは」

「何が言いたいの?」

「この病院でのミーティングは、すべてのメンバーに意見を交わす機会を与えるだけでなく、責任を果たしてもらう場所でもある」

「責任ね」マディスンは声にいらだちをにじませ、てのひらをデスクに押し当てた。「つまり、私は果たすべき任務を果たしていないと言いたいわけ?」

マディスンは腹を立てていた。しかもセオは、彼女が怒りをにじませる様子がとても気に入った。かすかにかしげた顔。じわじわと染まる頬。とりわけ、まっすぐにセオを見据える視線。

やれやれ。私情を交えず冷静さを保つのもここまでだ。

「言い方が悪かった。好奇心と言い替えさせてくれ。スタッフの出した意見に君がどんな考えを持つのか聞いてみたいと思ったんだ。今日のミーティングには僕も出席できればと考えている」

マディスンの手がデスクから腿の上に戻り、感情の高ぶりが引いていくのがわかった。

「もちろん私の考えはいくらでも話すわ。ただ、時間を無駄にしたくは……」マディスンは微笑《ほほえ》んだ。

「ごめんなさい、私も言い方が悪かったわね。やかましいスタッフミーティングに二時間も費やすくらいなら、その間に別の可能性を考えるほうがいいと思うの。もちろん議論された内容には目を通すわ。でも、頭を仕事モードに切り替えるのに少し時間がかかるから、ミーティングで一日を分断されると、診断の仕事に取りかかるのがなおさら難しくなる。とりわけ入り組んだ症状の診断をするときは」

「なるほど」セオ自身、雑事でしょっちゅう一日を分断され、ドアに〝入室ご遠慮ください〟の札をかけたいと思うことがしばしばだったから、彼女の気持ちはよくわかった。「君の意見をまとめて、僕にメールしてもらうのならどうだ？」

「あなたさえかまわなければ、電話で伝えたほうが速いわ。もし電話に出る時間がなければ、ボイスメールにしてもいいし」

アイビーのことを話し合うためなら、時間はいくらでも捻出できた。「時間なら作る。でも君が情報を直接伝えたいなら、電話より、二人で会って話さないか。君に都合のいい時間を教えてくれ」

「それなら、私の仕事が終わる六時ごろはどう？」

マディスンが背筋を伸ばしたので、残念ながら毛先がデスクをかすめることはなくなってしまった。どれほど考えまいとしても、セオはあの髪が彼の素肌に――それも今、頭をもたげ始めている下半身の一部にふれてもらいたいという気持ちをふり払うことができなかった。

髪を肩の後ろに払ったマディスンは、いつもの落ち着いた仕事用の顔に戻った。いっぽうセオは、仕事とはまったく関係のない考えをコントロールするのに苦労していた。

「ところで、これからアイビーの様子を見に行くつもりなんだけれど、あなたもいっしょに来る？」

行くべきではなかった。今は少しマディスンと距離をおくべきだった。少なくとも彼女に対する妙な反応が落ち着くまでは。

ふとセオの視線が、さっきメモ帳が置かれていたデスクの角に落ちた。マディスンは今度もあのメモ帳を持っていくのだろうか。

それで決心がついた。「いっしょに行こう」

デスクの向こうでバイブ音が鳴った。マディスンは指を一本上げて、セオに待ってくれと伝えた。マディスンは携帯電話を取り出し、発信者を確認してから耳に当てた。「ドクター・アーチャーです」相手の話に耳を傾けていたマディスンが、かすかに顔をしかめた。「それ以外はどうでした？」

彼女は大きなため息をついた。肩に力が入るのが見える気がした。

「知らせてくれてありがとうございました」

電話を置き、マディスンはしばし指先をデスクに押しつけた。

「何かアイビーに関することか？」

「ライム病の抗体検査の結果よ」

「それで？」セオはどきどきしながら待った。今度こそ待ち望んでいた答えが得られたのだろうか。

「ごめんなさい、セオ。結果は陰性だったわ。どの検体もよ。アイビーはライム病じゃなかった」

三十分後、アイビーの他愛《たわい》ないおしゃべりに耳を傾けながら、マディスンは喉が締めつけられるのを感じていた。リストの一番めに挙げられた願いごとを叶《かな》えるのに、サンタは相当苦労することだろう。

さっきセオはメモ帳の中を読んだのだろうか？

あのリストを最初のページに書くべきではなかった。けれどまさかアイビーの最初の願いごとが、あんなに個人的なものだとは思わなかったのだ。

壁際に立って、難しい顔でこちらを見つめているセオの様子を見れば、彼がクリスマスを喜んでいる姿は想像できなかった。待ち望んだ知らせが来なかった今はなおさらだ。マディスンとしては、症状が不確定で、アイビーのような病態を示すこともあるライム病にかなり期待をかけていたのだが。これで振り出しに戻ってしまった。こんなことには慣れっこのはずだった。困難だがやり甲斐《がい》のある診断医の仕事は、いつだってマディスンの活力の素だった。

でも今日は違った。

難病の可能性を一つ潰しても、別の難病の可能性が待ち構えている。

セオは疲れ切っているように見えた。

セオの気持ちを思うと胸が痛んだ。少しでも彼が楽になる言葉をかけてやりたかった。

アイビーについて二人だけで話し合うことに同意してしまったのは、そのせいだろうか。

でも、それは賢明ではなかったかもしれない。

セオにはマディスンの心を引きつける何かがあった。娘の前ではつらくても平気なふりをしているところ。あるいは、悲しい喪失を知っているところ。

マディスンも子ども時代につらい喪失を経験し、長い間悲しみと闘ってきた。成人し、医学校を卒業してからは、ようやく人生が軌道に乗り、幸運に恵まれるようになった。

ただし、男女交際だけは別だ。

その点に関しては、マディスンの経歴はきわめて不毛だった。そもそも世の男たちは、診断専門医なんかとデートしたがらない。もっともマディスンも男性と交際したいと思わなかったし、毎日、仕事で多忙きわまりなかったから、孤独な夜もあまり気にならなかった。

マディスンは視線を再びセオに向け、ごくりと唾をのんだ。

「ドゥードルにはもう会ったの？」セオから注意をそらそうと、マディスンはアイビーに尋ねた。

ドゥードルはラブラドゥードル犬――ラブラドールとプードルのミックス犬だ。ICUの受付係イービーの提案で、セラピードッグとして病院に来るようになった。ドゥードルは入院中の子どもたちに大人気で、訓練士《ハンドラー》のアラナと毎日のように病院を訪れては各病棟を順に巡回している。

「うん、今朝会ったよ。とってもかわいくておとなしかった。あたしもいつか――」アイビーはセオに目をやって、肩を落とした。

マディスンの胸が締めつけられた。アイビーはもう少しで自分も犬が飼いたいと口走るところだった。ひょっとしたら、言ってしまったほうが良かったかもしれない。父親にはっきり拒んでもらうほうが、絶対に手に入らないものを切望するよりましだ。

たとえば母親の愛情とか。

一瞬マディスンは息ができなくなった。

アイビーの母親は亡くなったけれど、娘を愛していたのは間違いない。

愛されていたからといって母を亡くした悲しみが和らぐわけではない。でも少なくともアイビーの母親は、ふらりと娘の人生から姿を消したりせず、亡くなる直前までずっと娘のそばにいた。母に会えなくなったのは、自分が何か悪いことをしたせいだろうかと、悲しみに打ちひしがれた娘に追い打ちをかけるような真似もしなかった。

母がいなくなった後、マディスンはいくつもの里親の家をたらい回しにされ、ティーンエージャーになってからハイスクールを卒業するまではグループホームで育った。

何度も引っ越しをくり返したため、長続きする友人は作れなかった。マディスンが一人で仕事をすることを好み、同僚たちが彼女によそよそしさを感じるのは、そのせいかもしれない。長い間、自分しか頼れない生活を送ってきたから、人に助けを求める方法も、もしものときに誰かを信頼する方法もわからなかった。

「ここに犬が来ていたとは知らなかったな」セオの声は淡々として、何の感情もこもっていなかった。

「うん、来てたんだ。あたし、ドゥードルが大好き。ドゥードルはね、あたしが撫《な》でている間にベッドの上で眠っちゃったの」アイビーは毛布を薄い胸に引き寄せた。「また会いに来てくれるといいな」

セオが壁際を離れ、ベッドに近づいてきた。「おまえが会いたいなら、ドゥードルの巡回訪問のスケジュールを確認して、また来てもらえるように調整しよう」

「本当に？ 嬉《うれ》しい」

セオはちらりとマディスンを見て、咎めるようにかすかに眉を上げた。子犬が欲しいとアイビーがもう打ち明けたのだろうか。それとも……やはりメモ帳を見られてしまったのだろうか。マディスンは小さく首を横にふって、自分がアイビーをそそのかしたのではないと伝えた。

「クリスマスまでに、ドゥードルは入院している子ども全員に会うことになっているの。サンタのお手伝いをしている印に、エルフの帽子をかぶっているのよ」これでドゥードルの訪問が、病院の計画しているクリスマス行事の一環であると伝わればいいがと願いつつ、マディスンは説明した。

「ふうん。サンタの手伝いだって？」セオの口調は思案げだった。やはりセラピードッグの訪問はマディスンの入れ知恵で、要らぬおせっかいだと考えているのだろうか。二人きりになったら、きちんと説明しておくほうが良さそうだ。

「ええ、そうよ。どうやらサンタは、地元のスタッフに仕事を手伝ってもらうことにしたみたい」

「サンタは奇跡を起こしてもらうために、遠くから人を呼び寄せることもあるからな」ざらついた声に込められた言外の意味に、マディスンの胃がきゅっとよじれた。

〝お願いだから、すべての希望を私に託さないで〟

けれどセオはマディスンの能力を買ったからこそ、この病院に呼び寄せたのだ。いつものマディスンなら、こういう難しくて緊急性の高い仕事にやり甲斐を感じていただろうし、ばらばらに見える症状を読み解くことに夢中になっていただろう。

とはいえ、患者の父親が職場の同僚というのは初めての経験だったし、患者とここまで心の絆《きずな》を感じたのも初めてだった。

マディスンはアイビーの髪を指で梳《す》きながら、軽い言葉のやり取りが深刻な意味を持ってしまったのをごまかそうと、無理に笑みを浮かべた。「奇跡はいろいろなところで起きるものよ」

「パブロにも奇跡が起きる？」アイビーが尋ねた。

パブロの名前を聞いて、セオが身をこわばらせた。小児集中治療室《PICU》に移されるまでアイビーの二つ隣の病室に入っていた、筋ジストロフィーの患者だ。

マディスンはごくりと唾をのんだ。「パブロは今日、病院を出ていったわ」〝出ていった〟という語に少し力を込め、パブロが退院して家に帰ったわけではないことをセオに伝える。

セオは奥歯を噛《か》みしめ、黙りこんだ。言外の意味が伝わったのだ。

彼はベッドサイドの椅子にどさりと腰を下ろし、肘を腿にのせてうなだれた。

娘もパブロと同じ道をたどると思ったのだろうか。

奇跡に関するアイビーの質問にどう答えるか、セオに任せるのはしのびなくて、マディスンは口を開いた。「パパと〈ゴー・フィッシュ〉の勝負をしてみない?」

セオが顔を上げ、マディスンを見た。「〈ゴー・フィッシュ〉?」

イギリス風アクセントで発せられたゲームの名前は、これ以上ないくらい優雅に聞こえた。

「特別なカードを使うゲームよ」いつ必要になるかわからないので、マディスンは常にこのカードをポケットに入れていた。親であれ子どもであれ、病気のことを考えずにすむ時間があるだけで気持ちが和む。アメリカの病院でも、マディスンはこのカードを持ち歩いていることで有名で、手術前の子どもを落ち着かせてくれとよく頼まれたものだ。診断医としての技量は別として、マディスンが人に必要とされていると感じるのはこういうときだった。

「〈ゴー・フィッシュ〉が何かは知っている。ただ、君たちが何をするつもりか――」

すかさずそこへカードが現れた。わが目が信じられないと言わんばかりに、セオが首をかしげた。

「なるほど、わかったぞ」セオの視線がマディソンに向けられた。「マジシャンのマディスンだな」

セオに名を呼ばれ、体じゅうに走った甘いおののきをマディスンは必死でこらえた。

「カードゲームは、認知能力や細かい運動能力の訓練になるのよ」

しかもマディスンのほうは、ゲームのプレイ中に患者の些細《ささい》な変化を観察できる。何週間とか何カ月とかのスパンで同じゲームをくり返し、手先の動きや記憶力がどう変わったかを見ることで、病状が快方に向かったか悪化したかを判断できるのだ。

マディスンは自分の横に座るよう、セオに目で示した。「ここに座って。カードを配るから」

セオは一瞬ためらったが、結局椅子から立ち上がってベッドに腰を下ろした。マディスンは手札を配り、残りのカードは伏せて置いた。かすかに手が震えてしまったが、セオに気づかれていないことを祈った。

ゲームをするつもりでここに来たはずなのに、セオがいるおかげで調子がおかしい。隣に座れと言ったことを、今になってマディスンは後悔していた。五感が痛いほどセオの存在を意識している。彼の匂い。腿にのせられた左手の指。

こちらを見まいと目をそらす様子。

これは困ったことになった。

アイビーが苦心して自分のカードを手に取った。冷ややかな現実を突きつけられ、マディスンはぞくりとした。手伝いたい衝動をこらえていると、セオが手を貸そうとしているのが見えた。「手を出さないで。アイビーなら大丈夫」

「そうよ、パパ。あたし一人でできるもん」アイビーは慎重に手札を広げた。手もとが少しおぼつかなかったために、カードが一枚落ちた。アイビーがカードを拾い上げる間、沈黙が落ちた。

「親《ディーラー》の左側のプレイヤーから始めるわよ」つまり、アイビーからだ。

父親とマディスンを交互に見ていたアイビーの視線が、セオの上で止まった。「パパ、3のカードを持ってる？」

「一枚ある」セオはカードを渡した。

アイビーがぱっと明るい笑みを浮かべた。「やっぱりね」次にアイビーはマディスンに同じ質問をしたが、こちらの手もとには指定されたカードはなかった。次はセオの番だった。

「マディスン、A《エース》のカードはあるか？」

「持ってないわ」ゴー・フィッシュ《ゴー・フィッシュ》
セオはすぐには動かなかった。「ひょっとして袖の中にカードを隠していたりしないかい？」

セオに見つめられ、マディスンは凍りついたように動けなくなった。視線が絡むと、神経がぴりぴり興奮するのがわかった。

「パパ！　マディスンはそんなずるはしないわ」

マディスンは慌てて手札に目を戻したが、カードの数字にはまったく焦点が合わなかった。

アイビーの小さな体を蝕《むしば》んでいる何かを打ち負かすことができるなら、私は一瞬のためらいもなくずるをするだろうに。

セオが勝ってゲームは終わりになった。ほんの十五分の時間が、マディスンには永遠の長さに感じられた。今はただ、一刻も早くオフィスに戻って、アイビーのために、そしてセオのために、病気の解明につながる何かを見つけたくてたまらなかった。

ゲームの間にアイビーのわずかな変化に気づいてしまったからだ。時間の経過とともに、カードがだんだん重くなったとでもいうように、アイビーは自分の番以外はカードを下ろしてしまっていた。けれど彼女の思考は今までに劣らず鋭かった。それどころか、手札をすべて覚えることで不利な状況を補っていた。アイビーが手札も見ずに「ゴー・フィッシュ」と言ったとき、セオもマディスンも異議を申し立てなかった。ゲームが終わったのはまだ夕方の六時だったが、アイビーはもうあくびをしていた。

「疲れたの？」マディスンは尋ねた。

「ううん」

セオがカードをきちんと積み重ね、アイビーの頭にキスを落とした。「ドクター・アーチャーとカードを片づけてくるから、その間ちょっと休んだらどうだ？」

「後でお話を読んでくれる？」

「もちろんさ」

アイビーは枕に身をあずけた。顔は青白く、細い腕はぐったりとして力がない。アイビーは父親に抱きつくことも、またねと手をふることもなかった。

生来、愛情深いはずのアイビーのこんな様子に、マディスンの背筋がぞくりと震えた。

マディスンでさえ怖いのだから、ましてセオはこの何万倍もの恐怖を感じているに違いない。

セオが娘のかたわらで本を読む姿を思い描いて、マディスンは激しい吐き気に襲われた。

アイビーはあと何回、父親に本を読んでもらうことができるだろう？　パブロと同じ運命になる前に。

二十回だろうか。十回だろうか。

まさか二回とか？

胃の痛みが増し、並々ならぬ責任感がマディスンを満たした。

さっき頭に浮かんだベッドのイメージを、常に念頭に置いておかなければいけない。これが生きるか死ぬかの問題であることを忘れず、いっそう気を引き締めて取り組まなければ。

〝無駄にした時間は取り返せない〟ついさっきマディスン自身がそう言ったばかりだ。

失われたチャンスも取り戻せない。

マディスンは背筋を伸ばした。つまり、もっと必死に頑張って、早く答えを見つけ出さなければいけないということだ。

セオは先に立って病室を出ると、カードをマディスンに返した。「ゲームには理由があったんだな。なかなか賢明だと感心したよ」

「あなたなら気がつくと思っていたわ」

「アイビーの番が来るたび、君が鋭い目をアイビーに向けていたからだよ。三度めか四度めにようやく、君がアイビーを観察しているのだと気がついた」セオはため息を漏らした。「あの子は前以上に疲れやすくなっている」

「ええ」

「他には何に気がついた？」

「セオ……」

セオは首を横にふった。「聞かせてくれ」

彼には聞く権利がある。自分の口から言いたくはなかったが、正直に伝えるべきだった。

「カードを持ち上げるときに腕が震えるようになったわ」筋力がますます衰えているのだ。「私たちが部屋を出るときには、アイビーは疲れ切っていたけれど、必死で頑張っているようだった。あなたのために」

「ちくしょう」

セオは首の後ろで手を組み、腕を両側に開いた。どこかの関節がぽきりと音をたて、マディスンはびくりとたじろいだ。

「すまない。僕の悪い癖なんだ」

癖なら仕方がない。マディスンにもちょっと変わった癖がある。ホワイトボードに症状をなぐり書きし、何か頭に浮かんでこないか、それを寝ずに眺めるのだ。今マディスンのアパートメントのダイニングには、アイビーの症状をびっしり書きこんだボードが立ててある。そしてマディスンはそのボードを見つめて、一度ならず眠れぬ夜を過ごしてきた。

「治療チームが、さらに血液検査をしたいと言ってきた」セオが言った。

「ええ。私にも結果を知らせてもらえるよう頼んであるわ。除外された病気の数が増えるのは良いことよ。それだけ、可能性のある病気の数が少なくなるということだから」

「本当にそうか?」セオは腕を下ろした。「こんな状態があとどのくらい続く? このままでは、どこかで後戻りのできない地点を通り過ぎてしまいそうで怖い」

さっきマディスンも似たようなことを考えたばかりだった。

喉の引っかかりをこらえ、マディスンはセオに向き直り、彼の手首をぎゅっと握った。自分自身を安心させたくて握ったのか、それともこれから言うことをしっかり聞いてもらいたくて握ったのか、自分でもよくわからなかった。

「まだその段階には来ていないわ。アイビーは自発呼吸しているもの」言い方がまずいと気づいて、マディスンは慌ててつけ加えた。「今のところ、筋肉の衰えが見られるのは手足と腰だけよ」

「それだけはありがたいな」セオの手がマディスンの手を包み返してきた瞬間、彼にふれたのは間違いだったとわかった。セオの温《ぬく》もりが伝わってきたとたん、マディスンの肌に電気が走り、神経がいきいきと息づき始めたからだ。

手をふりほどくべきだった。けれどマディスンから手をふれた以上、それはできなかった。

「できるだけ〝今のところ〟を受け入れるよ」セオはつぶやいた。「原因がはっきりわかるまで」

廊下にはまったく人影がなかった。クリスマスが近づいた今、外泊のできる患者はみな、家族と過ごすために家に帰っているからだ。

アイビーも家に帰って、素晴らしいスタッフに在宅看護してもらうこともできるだろうに。けれどセオはアイビーを病院に——自分のそばに置きたがった。セオとアイビーの間には、マディスンが知ることのできなかった親子の固い絆がある。

胸が苦しくて、押しこめていた感情が今にもあふれそうになっているのがわかった。

目を上げるとセオがこちらを見下ろしていた。彼に奇跡を、ハッピーエンドを、とにかく彼が望む何かを約束してあげたかった。でも、できなかった。

「ときとして私たちは、その瞬間を生きるしかないものね」

「そのとおりだな」

一秒が一分になったが、二人はそのまま動かなかった。やがてセオの親指が彼女の手の甲を撫でた。

そのとたんマディスンの体が反応し、胸のつぼみが薄いブラジャーの下でこわばった。どうかセオが気づいていませんように。どうか――。

「マディスン……」

エレベーターが到着するピーンという音が響いた。マディスンは手をふりほどき、慌てて一歩、さらにもう一歩後じさると、必死で息をついた。

チャンスができたときにここを離れるべきだ。

「じゃあ、明日の夕方六時に」

「またカードをやるのか?」

「カード?」今マディスンの頭の中では、埋もれていた感情が大きな地滑りを起こしていたので、カードという言葉の意味がわかるまで少し時間がかかった。「必ずしも来なくていいわよ」

セオと接する回数は少なければ少ないほうがいい。少なくともそんなふうに思える。さっきまで私はいったい何を考えていたのだろう?

何も考えていなかった。

明らかにセオの頭も、〝瞬間を生きる〟というコメントへの反応から判断する限り、きちんと働いていなかったようだ。あれで二人の会話は、仕事上のものから、プライベートな領域へと方向転換してしまった。

男女交際の経験が乏しいことが裏目に出た。セオが向けてくれた関心を、愛に飢えたティーンエージャーのように真に受けてしまったのだ。

「差し支えなければ参加したいな。僕にもアイビーの具合を推し量るチャンスができる」

エレベーターから降りてきた二人がセオに手をふって、話があるからそこで待っていてくれと伝えた。

マディスンは彼らが近づいてくるのを待ったりしなかった。すでに顔は真っ赤に染まっている。ポーカーフェイスは苦手だから、彼らがそばに来たら気づかれるに決まっている。セオも同じことを考えたのだろう。「ではまた明日。都合のいいタイミングで連絡してくれ」

「わかったわ」

そう言ってマディスンはエレベーターとは反対の方向へ足早に歩きだした。こちらからだとオフィスに戻るには遠回りだが、かまわなかった。今はただ、明日どんな顔をしてセオに会ったらいいか、同僚としての節度あるつき合いを、職業倫理にもとる片思いにしないためにはどうすればいいのか、考えるのに必死だった。

3

「おめでたいお知らせです。ネイオミ・コリンズがフィン・モーガンといっしょに暮らすことになりました。フィンは本当に運のいいやつです」

マディスンとアイビーの話をしていたネイオミは、院内放送を聞いて、驚きに目を見開いた。

「まさか」ネイオミはつぶやいた。「あれはフィンの声よね？」

マディスンの口もとがほころんだ。フィンとネイオミが噂《うわさ》になっているのは知っていたが、ここまで関係が進んでいるとは思わなかった。「たしかにフィンの声に聞こえるけれど」

「秘密にしておきたいと言っていたのに」

マディスンは笑いだした。「どうやら気が変わったみたいね」

「そうらしいわ。後でとっちめなくちゃ」そう言うネイオミの口調は少しも怒っていなかった。それどころか、これ以上ないくらい愛にあふれていた。

フィンがネイオミとの関係を公言したことが、夢のように羨ましかった。卒業パーティ《プロム》の後、車のバックシートで慌ただしく体をまさぐり合った経験は夢みていたのとはほど遠く、マディスンは混乱し、虚《むな》しさを覚えた。しかもその相手には二度とデートに誘われなかった。マディスンは傷つき、それ以来、恋愛や男女交際を警戒するようになった。

それなのになぜ、セオに会うとこんなに心が乱されるのだろう？

ちらりとネイオミに目をやると、混乱しているようにも虚しさを感じているようにも見えない。彼女は自分の欲しいものがはっきりわかっているのだ。それはフィンだ。そしてフィンとの愛だ。それこそ、マディスンが見つけられなかった夢の材料だった。

「おめでとう。あなたほど幸せになってしかるべき人はいないわ」マディスンはネイオミをハグした。

ネイオミは顔の前で手を横にふった。「そんなことを言われたら泣いてしまうじゃないの」

「私があなたなら、フィンがあることないこと言い始める前に、今すぐ彼を捜しに行くけれど」

「それもそうね。話の続きはまた今度でいい？」

「もちろんよ。さあ行って」

廊下を走ってエレベーターに乗りこむネイオミをマディスンは見送った。

特別な相手を見つけて、身を落ち着けるのはどんな感じなのだろうか？

自分が身を落ち着けるところなど想像もつかなかった。そもそもマディスンは、一つところに一年以上長居する術《すべ》がわからなかった。診断医という仕事こそ変わらないものの、勤め先の病院はひんぱんに変わっている。どうも私は難しい症例のある場所に引き寄せられる質《たち》らしい。ただし、最後にアメリカで働いていた病院には、例外的に二年間も勤めた。イギリスでの仕事が終わったら、いずれそこに戻るつもりだった。

一つだけたしかなのは、私と同棲《どうせい》すると院内放送で宣言してくれる人間はいないということだ。

自分の考えていることが気に入らず、マディスンはごくりと喉を動かした。私が独身なのは独身でいたいと思ったからで、それ以外の理由はない。あれこれ無駄なことを考える暇があったら、そろそろオフィスに戻って、患者のことを考えるべきだ。

オフィスに戻ると、マディスンはデスクの引き出しからメモ帳を取り出し、願いごとのリストに目を向けた。リストの一行めの上でマディスンのペンが止まった。やがて彼女は〝パパにクリスマスを好きになってもらうこと〟の一行に二重線でアンダーラインを引いた。

ひょっとしたらサンタがこの願いごとを叶《かな》えるときに、私のクリスマス嫌いも治してくれるかもしれない。でもそれまではデコレーションやイルミネーションは見ないふりをして、この季節をやり過ごすしかない。

アイビーの病室の続き部屋で眠っていたセオは、ソファベッドから起き上がり髪をかき上げると、病院の牧師がいつも言っているポジティブな主張を思い出そうとした。

〝今日は新しい一日です。新しい希望と可能性に満ちています。過去を思いわずらってはいけません〟

過去とはいつのことだ？ ホープが亡くなり、すべての愛と喜びが失われた日のことか？ それとも、本当に久しぶりに別の女性の手を握ってしまった日のことか？

亡くなった妻は、大切な話をする前にセオの注意を引きたいとき、必ず彼の手首をぎゅっと握った。マディスンもまったく同じことをしたので、セオは反射的にもう一方の手を彼女の手に重ねてしまった。ところが、ふれたのは妻の手ではなくマディスンの手だった。そのとたんセオは、相手が幽霊ではなく生身の人間であることをはっきり意識した。マディスンの手は温かく、その温《ぬく》もりはセオの体の奥まで伝わって、長い間死んでいた何かを目覚めさせた。

あのときマディスンの頬は真っ赤に染まっていた。ホープはけっして赤面しなかったけれど。セオは彼女の顔をまじまじと見つめ、唇に目を引き寄せられた挙げ句、馬鹿なことを口走ってしまった。マディスンの頬がさらに赤く染まったとき、このままではキスしてしまうとわかった。

ありがたいことに、エレベーターが到着したおかげで呪縛が解けた。

セオとホープは夫婦であると同時に同僚だった。そして親友だった。ホープが彼のために仕事を中断したのを、セオはひどく後悔していた。もちろんアイビーを授かったことは後悔していないし、病院を建てられたことも後悔していない。

けれど、ホープをなおざりにしてしまったことは――セオが自分の夢を追求する間、家族としての生活を後回しにしてしまったことは後悔していた。たしかに病院は立派な業績を上げている。でも取り返せない人生の一部を犠牲にするだけの価値があったのかどうか、セオにはわからなかった。

僕があんなことをしたせいで、マディスンが病院を辞めてしまったらどうしよう？

今マディスンに辞められるわけにはいかない。たとえまだ彼女がアイビーの病気を特定できていなくとも、遠からず解明してくれるのは間違いないのだから。少なくとも、治療の方向性は示してくれるはずだ。それなのに僕が妻の思い出に引きずられたせいで、それを台なしにしてしまったのなら……。

いや、そんな単純な話ではない。手がふれてすぐ、僕は相手がホープではなくマディスンだとはっきり意識していた。そして、そのまま手を離したくなかったのだ。

これは性欲なのだろうか。たしかに長い間、誰ともつき合ってこなかった。とはいえ、たとえ肉体的な欲求だったとしても、よりによってマディスン相手にあんな行動を取ったのはまずかった。

次にマディスンに会ったときに、できれば誤解を解いておいたほうが良さそうだ。でも、僕が官能をかき立てられていたことに、彼女がまったく気づいていなかったら？

そのときは、さりげなくごまかそう。さりげなくだって？　ホープにはよく、あなたは思ったことをすぐ口にしてしまうとあきれられたものだ。病院を経営するようになった今は、少しは如才なく立ち回れるようになり、それもましになったけれど。

セオは腕時計に目をやった。午前六時前だった。まだ時間は充分にある。病院のカフェテリアで何か見繕って、アイビーと朝食をとりながら、これからどうするか考えよう。マディスンの僕に対する態度を見てから、この話を持ち出すかどうか決めてもいい。

もし彼女がまた顔を赤らめたら？

そのときは絶対に彼女に手をふれてはいけない。

数分後、セオはポリッジ、フルーツ、それにオムレツののったトレイのバランスを取りながら、エレベーターのボタンを肘で押そうとしていた。

「手伝いましょうか？」

顔を上げると、さっきまでセオの頭を占めていた当の女性が目の前に立っていた。マディスンの顔は少しも赤くなく、声は落ち着きはらっていた。ひょっとしたらセオの考えすぎだったのかもしれない。

「アイビーに食事を持っていくところなんだ」

「子どもの朝食にしてはかなり多いわね」マディスンは驚いたように眉を上げた。

セオはほっとして微笑《ほほえ》んだ。「これは二人分だよ。アイビーは玉子が大嫌いだから、オムレツは僕の分だ」透明のカバーごしに見える玉子料理に、セオは顎をしゃくった。

「なるほど。オートミールとフルーツがアイビーの朝食なのね」

セオの口もとが緩んだ。オートミールはポリッジのアメリカでの呼び方だ。「ああ。アイビーはその……オートミールが好きなんだ」

「いい趣味だわ」マディスンが四階のボタンを押すとエレベーターが動きだした。彼女は自分のオフィスがある階のボタンは押さなかった。

「君もアイビーの病室に行くのかい？」

「後でね。今はあなたと話がしたいの」

やっぱり僕の考えすぎではなかったのか？　まさか今ここで、この病院を辞めると言われるのか？

「何かアイビーに関することか？」

「いいえ。昨日、ひどく出すぎたふるまいをしたことを謝りたいの」

そのときになって初めてセオは、マディスンの声がひどく緊張していて、顔が赤いどころか青ざめていることに気づいた。そのうえ彼女の両手は背中に回されている。

何という皮肉だろう。セオが自分の行動を思い返して気もそぞろだった一方で、マディスンも同じ心配をしていたのだ。

「君は気が動転していた僕をなだめようとしてくれた、それだけだろう？」

何だか恩着せがましい言い方に聞こえた。何より、セオ自身の非を認めていないのが気に食わなかった。たしかにマディスンのせいだと思わせておくほうが楽かもしれない。でも、ここはきちんと誤解を解いておきたい。

「謝らなければいけないのは僕のほうだ。僕もずっと、昨日は押しが強すぎたと反省していた。僕はただ、ひどく動転していて不安だったんだ」

「ええ、わかっているわ」マディスンの手が背中から現れた。また手をふれられたら、じっとしていろとセオは自分に言い聞かせた。ところがマディスンはトレイの端に寄っていた食器の位置を直しただけだった。

「わかってくれて本当に感謝している。僕が不用意な行動を取ったせいで君が……」

マディスンは首をかしげた。「私が何を?」

「君がこの病院を辞めたりしたら困る」よし、言ったぞ。僕が何より恐れていることをはっきり告げられた。

「辞めるつもりはないわ。アイビーの診断を途中で投げ出したりはしないから安心して」マディスンは眉を上げた。「それに、心配で気もそぞろの父親の相手をするのは初めてじゃないもの」

セオは顔をしかめた。「そういう男に言い寄られたりしたのか?」

しばし沈黙が落ち、マディスンはまじまじとセオを見つめた。「あなたは私に言い寄っていたの?」

しまった、口が滑った。それに、昨日は言い寄ってなどいなかった。そうしたいと思ったのはたしかだが。

何か言わなければと頭をひねっている間に、エレベーターが四階に着いてドアが開いた。廊下に出ると、セオはマディスンに向き直った。

「そうじゃない。昨日の僕は、自分が誰といっしょなのか、一瞬わからなくなっただけだ」

マディスンは目をぱちくりさせた。「どういうこと?」

「言い方が悪くて誤解させてすまなかった。とにかく、昨日のようなことはするべきじゃなかったし、これから二度としないと約束する」

マディスンの表情から判断する限り、あんなに心配する必要はなかったようだ。

「つまり、私たちは二人ともアイビーが心配なあまり、いつもと違うふるまいをしてしまったわけね」

「まさにそのとおりだ」

手がふれていた間、ずっとセオがマディスンをホープと取り違えていたと思ってくれるなら、そのほうが都合がいい。

「食事を運ぶのを手伝うわ。いずれにせよ、通りすがりに病室をのぞこうと思っていたから」

「今朝はカードゲームはしないのか?」

「他の患者をチェックした後で、また来るわ」

マディスンがアイビー専属の医師でないことを、すぐに忘れてしまう。そう、マディスンがこの病院に来てくれたのは、もともとこの病院で診断医として働いていたドクター・カマルゴが、医療使節団の一人として半年の任期で突然アフリカに赴任することが決まったからだ。ドクター・カマルゴにもメールでアイビーの症状を伝えて相談してきたが、彼にも病名の見当はまったくつかなかった。そこでドクターは、別の人間の目で見てもらったらどうかと提案してくれた。そして、マディスンがこの病院に来てくれたというわけだ。

セオのポケットで携帯電話が震えた。セオはトレイを持っていないほうの手で電話を取り出し、画面を見てけげんな顔になった。

少し待ってくれとマディスンに身ぶりで伝え、セオは電話に出た。「ホークウッドだ」

「セオ、マルコだ。君の外科医としての腕がなまっていなければ、手伝ってもらいたいことがある」

こんな電話がかかってくるのは珍しいから、緊急事態に違いない。「アリスは？」

マルコ・リッチと婚約者のアリス・バクスターはともに小児外科医で、この病院で行われる外科手術の多くを担当している。

「アリスは今、虫垂炎の手術を執刀中だ。僕もこれから、卵巣捻転の疑いがある患者の手術を行わなくてはいけない」

どちらも緊急性の高い手術だ。「わかった。何をすればいい？」

「患者は一歳六カ月の女児で、右下腹部の痛みと発熱、嘔吐《おうと》の症状が出ている」

「その子も虫垂炎じゃないのか？」

「最初は僕たちもそう思ったが、CTスキャンの結果、腸重積の可能性が高いとわかった。ライアンは心臓カテーテル手術の最中だし、執刀できる外科医がいないんだ」

「空気注腸は？」

「もうやってみた」

「わかった。引き受けるよ」腸重積は、スライドさせて伸び縮みする望遠鏡のように、腸の一部が別の部分に滑りこむ病気だ。手術自体は簡単だが、はまりこんだ部分が腸を閉塞させ、血流を阻害してしまうため、処置が早ければ早いほど予後がいい。

セオは送話口を腰に押し当て、マディスンに声をかけた。「腸重積の疑いがある幼児の手術に立ち合う気はあるか？　外科医が足りなくて、僕に声がかかった」

「もちろん。喜んでお手伝いするわ」

「ありがとう」セオは電話を耳に戻し、マルコに返事をした。「今すぐ行く。ドクター・アーチャーが立ち合ってくれるそうだ」

「それは助かる。彼女にも礼を言ってくれ」

「わかった。何番の手術室を使えばいい？」

「七番が空いているはずだ」

「わかった。君は自分の担当する手術に戻ってくれ。ここからは僕たちが引き受ける」

セオは電話を切り、アイビーに食事を届けると、自分のオムレツは後で食べられるよう病室のカウンターに置いた。それからマディスンと手術室のある二階に急いだ。

セオは受付デスクに歩み寄った。「腸重積の患者はどこだ？　僕たちが手術を担当することになった」

デスクにいた若い女性が目を見張った。「ミスター・ホークウッド、すぐに確認してきます」

セオは顔をしかめた。地位のせいで、他の医師と違う待遇を受けるのは大嫌いだった。たしかにセオはこの病院の最高責任者だが、一人の医師でもある。

すぐにさっきの看護師が戻ってきた。「今、消毒などの準備をしているところです」

「わかった。CTスキャンの画像が見られるか」

「もちろんです。こちらがデータ番号です」看護師は数字をメモ用紙に書いてセオに手渡した。そのついでに色っぽくまばたきしてみせた気がしたのは、目の迷いだろうか。

もちろん、そうに決まっている。

セオとマディスンは、データを見るためにパソコンのある場所へ急いだ。ほどなく二人はメガン・ピトルスキーのスキャン画像を見つめていた。先に気づいたのはマディスンだった。「ここよ」マディスンはモニターを指さした。

マルコの言ったとおり、右下腹部だった。「どれほど危険な状態かは、開腹しないとわからないな」

「腸の整復さえできれば、大丈夫だと思うわ」

「そう願いたいな」セオはコンピューターを切った。

「準備はいいか？」

「ええ。手術に立ち合うのは久しぶりだから、どれほど助けになるかはわからないけれど」

「今まさに必要なのは、別の人間の目さ」新たに診断専門医を呼び寄せるよう提案したとき、ドクター・カマルゴが使った言葉をセオは引用した。

手術看護師が助手を務めてくれるとしても、見落としがないようマディスンが目を光らせてくれると思うと心強かった。手術室に入るのはセオも久しぶりだったからだ。

患者の準備ができたと連絡を受けてから、二人は手袋をはめ、手術室に入った。手術台に横たわる患者はあまりにも小さかった。すでに麻酔医が患者の枕もとで麻酔の状態をモニターしている。患者の両親には手術の後で会おう。涙ながらに嘆願されて、冷静でいるのは難しい。どれほど見通しが明るいときでも、子どもの手術は大人を手術するときより平静を保つのが難しいものだ。患者はまだ人生を始めたばかりなのだから。

アイビーのように？

やめろ。今は娘のことを考えてはいけない。

「では、よろしく頼む。始めようか」

セオは手術室のスタッフに声をかけると、マディスンの立ち合いのもと、患者にメスを入れた。頭上のマイクで録音できるよう、一つ一つの作業を声に出していく。

やがて腹腔《ふっこう》にたどり着くと、セオは重なった腸を慎重に解き分けながら患部を探した。「見えたぞ」

「ええ」マディスンも言った。「赤く腫れているけれど、組織が壊死《えし》している様子はないわね。患部を取り出して、もっとよく見てみましょう」

腹腔が菌で汚染されると腹膜炎を起こしかねないので、腸に穴が開いていないことを慎重に確認しながら、セオは手袋をはめた手で入れ子になった部分を抜こうとしたが、まったく外れなかった。

次にセオは鉗子《かんし》を使って同じことをやってみた。

「だめだ。抜けない」腸は細くて滑りやすく、しかもあまり強い力をかけられないので、セオは進退きわまった。「患部を切除するしかないかもしれない」

はまりこんだ部分は短いから、切ってもメガンの消化機能に影響はないはずだが、腸の切除は常に別のリスクを伴う。セオはさっきより強く引っぱってみたが、相変わらず腸はぴったりはまりこんだままだった。

セオの耳もとでマディスンがささやいた。「生理的食塩水を垂らして、湿らせてみたら？　貼りついた部分が緩むかもしれないわ」

いい考えだった。

すかさず看護師がシリンジに食塩水を入れ、セオに手渡してくれた。セオはシリンジの先端を重なった腸の隙間にそっと差し入れ、ゆっくり食塩水を注入した。少しずつ注入する場所を移動して、ぐるりと一周させる。シリンジを看護師に返したセオは、もう一度、腸を引っ張った。今度ははまりこんだ部分がすぽんと抜けた。手術室のあちこちから、安堵《あんど》のため息が聞こえた。

患部の組織は酸素不足で青黒かったが、壊死には至っていないようだ。しばらく様子を見てから縫合にかかるとしよう。その間にセオは見落としがないか、他の部分もさわって確かめた。

「色が戻ってきたわ」マディスンが漏らした声が聞こえた。患部に目を向けると、たしかに他の腸と同じ淡いピンク色に戻りつつある。

「大丈夫そうだな。みんな今日はありがとう。いい仕事だった」セオは手術室の全員に声をかけた。

すべての腸を腹腔に戻すと、セオは目を上げた。

「それじゃ縫合して、この子がクリスマスには家に帰れるようにしてやろう」

それから二十分かけて、セオは筋肉や皮膚を縫合し、滅菌ガーゼをあてがってテープで固定した。メガンの下腹部には傷痕が残るが、命を落としていたかもしれないと思えばずっとましなはずだ。

「よし、終わった」セオは麻酔医にうなずきかけ、麻酔を解くよう伝えた。

ちらりとマディスンに目をやると、彼女は目もとをほころばせながらうなずいた。「手術に立ち合わせてくれてありがとう」

礼を言うのはセオのほうだ。生理的食塩水を使ったらどうかと提案してくれたのはマディスンなのだから。食塩水の効果はてきめんだった。

「こちらこそありがとう。君のおかげで助かった」

「わかりやすい事例に関われて嬉《うれ》しいわ」

「アイビーの病気とは違って？」

「そんなことは言っていないわ。いつもの仕事とは違うというだけの意味よ」

セオはしばし目を閉じた。どうして彼女が言ってもいないことを深読みしてしまったのだろう。

セオはメガンの枕もとに近づき、麻酔医の作業を見守った。今は麻酔ガスではなく、患者を目覚めさせるために酸素が送りこまれている。

二十分後、気管チューブが抜き去られると、メガンのまぶたが開いて、真っ青な瞳がぼんやりとセオを見つめた。彼はメガンの額に手を置いた。「目が覚めたんだね」

それですべてが終わった。スタッフがそれぞれの持ち場に戻っていき、メガンも回復室に運ばれていく。

「僕はメガンの両親と話をしなくてはいけない。しばらく待ってもらえるか？」

「もちろん。私のオフィスで待っているわ」

マディスンの口調はさっきより自信なさげに聞こえた。僕と二人きりになるのを警戒しているのかもしれない。それも無理はない。さすがに手術中は仕事に集中していたものの、今のセオはマディスンを見つめていたくてたまらないのだから。愛らしい笑いじわから、豊かな髪が背中に流れ落ちるさままで。もっとも今はサージカルキャップに包まれているので髪は見えない。セオに見えるのは美しいグリーンの瞳とまっすぐな鼻、高い頬骨になめらかな額だけだ。どれもセオがしげしげと眺める筋合いのないものだ。

「ありがとう。あまり待たせないようにするよ」

セオはマディスンに背を向けると、無理にでも足を前に進めた。待っていてくれなどと頼まなければ良かった。でもアイビーの話はしなくてはいけない。夕方まで待っていたら、病状のあれこれがずっと気にかかって仕方がないに決まっている。二人分の目があれば一人の目よりよく見えるのと同じように、一人で思い悩むより二人で知恵を絞るほうが答えが見つかりやすくなるかもしれない。とりわけ今のセオは別のことに気を取られ、頭がきちんと働いていないのだから。

〝症状だけで考えると虫垂炎のように見えるが、そうではなかった。まったく違う病気だったんだ〟

なにげなくセオが口にした言葉が、マディスンの頭から離れなかった。

〝虫垂炎のように見えるが、そうではなかった〟

頭の奥がむずむずする感じがどんどん強くなって、他のことが考えられなくなった。

マディスンは引き出しからメモ帳を取り出し、アイビーの願いごとの数ページ先を開くと、こう書きこんだ。

〝キッチンのホワイトボードに追加すること――虫垂炎のように見えるが、そうではなかった〟

これが何を意味するのか、今はまだわからなかった。けれどこれまでの経験から、脳がこの言葉を考え続けることはわかっていた。ちょうどコンピューターがバックグラウンドで計算を続けるように。

手短なノックに続いて、セオがドア口に姿を現した。「待たせてすまない」

「アイビーの様子を見に行く代わりに、これを調達しておいたわ」デスクに置かれた食事をマディスンは身ぶりで示した。

手術室からオフィスに戻る途中、カフェテリアに寄って、自分のためにフルーツを、そしてセオのためにオムレツを買ってきたのだ。アイビーの部屋に置いてきたオムレツはもう冷めきっているはずだ。

「あなたの好みがわからなかったから、チーズだけ入れてもらったけれど、それで良かったかしら」

セオは眉を上げた。「こんなことをしてもらわなくても良かったのに」

マディスンは微笑んだ。「ええ。でもどうせ私の食べるものも必要だったから、そのついでよ。それで、メガンの両親はどんな感じだったの？」

「手術が成功してほっとしていたよ。君の思いつきのおかげだ」

「運が良かっただけよ。あれで上手《うま》くいく保証はなかったんだから」

「それでも、あれは発想の転換だった」セオはパイプ椅子に腰を下ろし、小さくうめいた。「もっと座り心地のいい椅子を見つけないとな」

「これで充分よ。私はずっとここで働くわけじゃないんだもの」

その言葉は半ば自分に言い聞かせるためのものだった。この小さなオフィスは少しばかり居心地が良すぎる。終身雇用でもないのに、いつまでもここにいたくなってしまっては困るのだ。

「それは僕もわかっている」

どこか含みのある口調に聞こえて、マディスンはあらためてセオに目を向けた。ひょっとしてセオは、私がここにいる間にはアイビーの病名が判明しないと考えているのだろうか。

マディスンだってセオに劣らず答えを見つけたいと思っていた。何かを中途半端で放り出すのは嫌いだ。すべてがきちんと収束し、解決がつくほうがいい。子どものころは何もかもが雑然としていて、きちんとけりをつけられることなどめったになかった。そのせいでマディスンは、どんなことも最後までやり通し、何らかの形で決着をつけることに病的なほどこだわるようになった。

マディスンはオムレツの皿をセオのほうに押しやり、カバーの上にフォークをのせた。「はっきりした診断を下せるまで私はここにいるわ、セオ。だからそれは心配しないで」

セオは一瞬目を閉じた。「すまない。最近あまりよく眠れていないんだ」

「そうでしょうね。でもあなたまで体を壊してしまったら、アイビーのためにはならないわ」

セオの手がうなじに伸びた。また肩の関節を鳴らされるかとマディスンは身がまえた。どうやらセオはぎりぎりのところで気がついたらしく、音は聞こえてこなかった。「君が嫌いなのを忘れていたよ」

どうしてわかったのだろう？　私の気持ちはそんなに見え透いていただろうか？

どうかそうではありませんように。もしそうなら、知られたくないことまで彼にばれてしまっているかもしれない。

「嫌いというわけじゃないの。初めて聞いたときにびっくりしただけ。あなたが楽になるなら、遠慮なくやってもらっていいわ」

「後で、君がそばにいないときにやるよ」そう言って微笑んだセオは、ちらりとデスクのメモ帳を見て首をかしげ、トレイのカバーを開けてオムレツをフォークで切った。「何を書いていたんだ?」

一瞬マディスンは、願いごとのページを開きっぱなしにしていたかと思ったが、すぐに自分がさっき何をしていたか思い出した。「手術のときに印象に残った言葉を書き留めていたの。なぜかはわからないけれど」

「印象に残った理由がわからないのか、それとも書き留めた理由がわからないのか?」

「両方よ」

マディスンはセオが読めるように、ページをそちらへ向けた。

「どういうことなんだろうな」

「私もわからないわ。何の意味もないかもしれないし、何かを思いつくきっかけになるかもしれない」

セオはオムレツを一口放りこむと、ごくりとのみこんだ。「アイビーの診断にか?」

「ええ」そう言ってから、釘《くぎ》を刺しておいたほうがいいと思ってこうつけ加えた。「私はよくこういうメモを書くの。結局は何も思いつかない場合が大半だけれど、こんなことをしても無駄だと思わない程度には役に立ってきたわ」

「アイビーの症状が虫垂炎と関わりがあると?」

「いいえ。実は私のアパートメントに、アイビーの症状を書き出したホワイトボードがあるの。患者の中で何が起きているか視覚化しやすくするために、そうしているのよ。ことあるごとにそれを睨《にら》んでいれば、あるとき不意に病名がひらめくかもしれない。なぜこの言葉が重要に思えたのかはわからないけれど、これもホワイトボードに加えるつもりよ」

「アイビー専用のホワイトボードがあるのかい?」

「ええ」

しばらく二人は黙って食事を続けた。セオが来る前に自分だけ食事をすませておけばよかったとマディスンは後悔した。和やかな沈黙が思っていたほど気まずくなく、そのことに当惑を覚えたからだ。むしろ、こんなふうに問題を誰かと話し合えるのは悪くなかった。妙な感じだった。いつものマディスンなら詳細は誰とも共有せず、一人で考えるほうが好きで、だからこそスタッフミーティングに出るのも嫌だった。まとまりきらない考えを話したくはなかったし、そこへ他人の意見を聞かされたら余計に頭がこんがらがるだけだ。もちろんミーティングに出席して他人の発言に耳を傾けることはできるが、それをわざわざメモしたり、ホワイトボードに書き加えたりしようとは思わない。セオのコメントを書き留めたのは、明らかに例外中の例外だった。

「見てみたいな」

マディスンは凍りついた。「何ですって？」

「君がアイビーのために作ってくれたホワイトボードだよ」

とたんにマディスンは尻込みした。「ただ症状が列挙してあるだけのリストよ」なぜだかわからないが、セオが家に来ると思っただけでパニックに襲われた。他の客が来たときには何も感じなかったのに。

「わかっている。でも他のスタッフの意見は聞かせてもらったが、君の意見はまだ聞いていない」

そんなはずはない。「他のスタッフの意見を聞いたときに、私の意見も伝わっているはずよ」

「君が書いたものをじかに見てみたいんだ。配置とか順番とか」

「どうして？」

「わからない。でもそれが重要に思えるんだ。何か問題でもあるのかい？」

もちろん問題はあった。けれどそれをセオに言う術はなかった。

「見れば役に立つと、本当にあなたが思っているのなら」どうしても見たいと言われて断るほどマディスンも馬鹿ではなかった。どんな些細《ささい》なヒントでも手に入れたくてたまらないセオの気持ちはよくわかった。

マディスンが実の母の行方を捜したときもそうだったからだ。何とか真実を知ろうと、苦労を重ね、言葉巧みに役人とやり合った。けれどわかった事実は本当なら知りたくないことだった。母は亡くなっていたのだ。

けれど、いったん知ってしまったものは知らない状態には戻せなかった。できることなら、母はどこかで生きていて、何年も前に捨てたわが子に会いたがっていると思っていたかったのに。

マディスンは深呼吸すると、最後にもう一度ささやかな保身を試みた。「ホワイトボードの写真を撮ってメールしてもいいけれど?」

「僕が家に入るのが嫌なら、そう言ってくれ」

「そういうわけでは……」しかし、まさにそういう理由だった。ただ彼にそうと言えないだけで。「私にしかわからない覚え書きを見るために、はるばる来てもらうのが申し訳ないだけよ」

「写真は治療チームで共有してもらってもいい。ただ、僕は自分の目で見てみたいんだ。もし、君さえかまわなければだが」

「もちろんかまわないわ」自分からホワイトボードのことを打ち明けてしまったとはいえ、本人以外には支離滅裂に見えるだろうリストを見られるのは気まずかった。「あらためて言っておくけれど、別に目新しいことが書いてあるわけじゃないのよ」

「わかっている」セオはうなずくと、最後のオムレツを口に入れた。「それはそうと、アイビーの部屋には何時に行けばいい?」

「今日もカードゲームをするけれど、またゲームの相手をさせられてかまわないの?」

「僕はゲームをさせられているわけじゃない。娘の体に何が起きているか知ることができるチャンスは、どんなものだって大歓迎だ」

「それなら夕食のときにしましょう。夕方、あなたが家に帰る必要がないのなら」

「実は娘のそばにいたくて、このところずっとファミリー・スイートで眠っているんだ。着替えはハウスキーパーに届けてもらっている」

ハウスキーパー。なるほど。病院の設立者である以上、セオが裕福なのはわかっていた。けれど思っていた以上に彼はお金を持っているようだ。それでさっき、もっと贅沢《ぜいたく》な椅子を置いたほうがいいと言ったのだろう。マディスン自身は正反対の環境で育ったため、何かにつけつましい生き方が身に染みついていた。だからパイプ椅子はマディスンの流儀にぴったりだった。さすがに今はもう貧乏ではないけれど、無駄なお金を使うのは好きでない。イギリスのアパートメントも、アメリカの住まいと同じく実に質素なものだ。

セオがそれを気に入ろうが気に入るまいが、かまうものか。むしろ、セオが来ると決まってしまった今、彼がマディスンの部屋にどんな反応を見せるか、ちょっと好奇心が湧いてきた。彼は上流階級ぶって、馬鹿にするような態度を取るだろうか。

何となくそれはセオらしくない気がした。でも断言はできない。行動が必ずしも本心を表しているとは限らないからだ。

昨日アイビーの病室の前で、私が取ってしまった行動のように？　あれはただの気遣いのような言い方をしたけれど、心の奥底ではセオにも自分自身にも嘘《うそ》をついているのはわかっていた。私はセオに惹《ひ》かれているのだ。

手術が終われば麻酔が切れるように、この気持ちを消す方法を見つけなければいけない。それもできるだけ早く。さもないと、遠からず悲しみを味わうことになるだろう。

4

「ママは死んで天国に行ったの」

娘の病室からこんな言葉が漏れ聞こえてきて、セオはドアの前で足を止めた。緊急会議のせいで、予定より一時間近く遅れてしまった。部屋の中では、すでにカードをシャッフルする音がしている。

「でもママはあなたがこんな素敵な女の子に育ったのを、とても誇りに思うでしょうね」

喉が詰まって息が苦しく、セオはてのひらに爪が食いこむほど固く拳を握った。アイビーが母親の話をするのは、昨年のクリスマスに〝ママも天国でプレゼントをもらっているの？　神さまとサンタクロースって似ているの？〟と訊《き》いたとき以来だ。あのときは返答に窮したので話をそらし、セオは自らの悲しみを胸の奥深くにしまいこんだ。

「パパは今でもときどき悲しそうなの」

「誰だって悲しくなることはあるわ」またしてもカードが勢いよくシャッフルされる音。「私のお母さんも天国にいるのよ」

マディスンの母も亡くなっているだって？　淡々と言い放つ口ぶりに、セオはうなじの毛が逆立つのを覚えた。

そういえば、マディスンのことは医師としての評判しか知らない。本人も認めているとおり、一人で仕事するほうが好きなこと。仕事の進め方が頑固で妥協を許さないため、アメリカの病院ではよく管理職とぶつかっていたこと。それでも仕事はやり遂げること。そしてスタッフ・ミーティングを避けたことからもわかるとおり、病院につきものの煩雑な業務が苦手なこと。

「マディスンのママもクリスマスに死んだの？」

答えにくいことを尋ねるあどけない声に、セオは目頭が熱くなり、ぐっと涙をこらえた。盗み聞きはまずいと思ったが、このタイミングで部屋に入って話をさえぎりたくなかった。

「いいえ。いつ亡くなったかはわからないの。ただ亡くなったことを知っているだけで」

「マディスンのパパは？　パパも天国にいるの？」

「お父さんとは会ったこともないのよ。だから天国にいるかどうかはわからないわ」

何てことだ。

「じゃあサンタさんはどうやってマディスンにプレゼントを届けに来たの？」

そろそろ立ち入った質問をストップさせる頃合いだった。セオは強めにノックをしてドアを開けた。

マディスンとアイビーはベッドの上にいた。もっとも、今日はくすくす笑ってはいない。

マディスンは靴を脱ぎ、アイビーと向かい合う形でベッドの上に横座りしていた。とてもうちとけて親密な様子に見えた。ホープが同じことをしていてもおかしくなかった。

ただ、目の前にいるのはホープではない。それだけは肝に銘じておかなければ。そしてマディスンが娘の人生に一時的にしか関わらないことも忘れてはいけない。いずれ彼女がいなくなることをアイビーに教える必要がある。

もっとも、それは娘の病気が治ってからでいい。

「サンタは誰がどこにいるか全部知っているんだよ」セオは無理に明るい声を出した。今来たばかりで、二人の会話の最後だけを聞いた体《てい》を装ったが、こちらを見たマディスンの目を見れば、セオがずっと廊下で聞いていたのはばれているようだった。それなのに彼女は盗み聞きに腹を立てている様子はなく、むしろほっとしているように見えた。

「パパ！」

「やあ、アイビー」セオは娘の頭のてっぺんにキスを落とし、わずかに顔をしかめた。アイビーの茶色い髪がつやを失ったように見えるのは、気のせいだろうか？

例のメモ帳がマディスンの腿の下に差しこまれていた。思いつきをメモしていたのだろうか。それとも、すでに下降線を描いているアイビーの運動神経がさらに弱っているのを確認していたのだろうか。

悪いほうにばかり考えるのはやめろ。セオは自分をたしなめた。アイビー自身は、天国に行った母親の話をしたばかりなのに上機嫌だった。もっとも当時はまだ赤ん坊だったから、家のあちこちに飾られた写真を除けば、アイビーは母親のことなどほとんど覚えていないのだろうけれど。

マディスンがカードを箱に片づけたので、セオはけげんな顔になった。「これからプレイするんじゃないのか？」

「ごめんなさい」マディスンが答えた。「あなたがいつ来るかわからなかったから、先に二人でプレイして、今終わったところなの」

「あたしが勝ったのよ、パパ！」

「本当かい？」言外にアイビーの様子を教えてくれという含みを込めて、セオはマディスンに尋ねた。

「今日は頑張ったわ」マディスンは小さくうなずいた。「午後はネイオミのセラピーがあったし、それに明日はドゥードルが来てくれる予定なの」

セラピードッグか。どうやらアイビーはマディスンに懐《なつ》いているうえ、その犬に夢中なようだ。困ったことに、犬もマディスンもずっと娘のそばにいるわけではない。愛着を覚える対象としては、少々問題がある。大事なものが突然いなくなる悲しみを、再び娘に味わわせたくはない。

気は進まないが、そろそろ守るべき一線をマディスンにはっきり伝える頃合いだ。「ちょっと外で話せないか？」

マディスンは顔をしかめたものの、すぐに立ち上がり、メモ帳をポケットに入れた。セオは好奇心を抑えきれず、メモ帳から目が離せなかったが、それ以外にもセオの目を引いたものがあった。

たとえば、足の爪に施されたペディキュア。短く切りそろえただけの手の爪とは対照的に、足の爪にはラメの入った銀色のエナメルが塗られていた。見せたくないものがむき出しだと気がついたのか、マディスンは慌ててローヒールの黒いパンプスに足を突っこんだ。それからセオの先に立って病室を出ると、待合コーナーに向かった。てっきり彼女はセオのオフィスに行くものと思っていたが、話をするなら個室よりオープンスペースのほうがいいかもしれない。ペディキュアに見とれているのに気づかれた後だけに、なおさらだ。

マディスンは柔らかなレザーチェアに腰を下ろした。病院の椅子としては贅沢《ぜいたく》な部類だろう。でもこれは、子どもの生死に関わる手術の結果を何時間も待たなければいけない親には、固いプラスチックではなく、座り心地のいい椅子に座ってもらいたいと考えた結果だった。セオはマディスンの向かいに腰を下ろし、肘を腿の上に置いた。

幸い、手術や処置がほとんど終わったこの時間は、待合コーナーには誰もいなかった。この階の病室はどれも、つき添いの家族が泊まれるファミリースイートなので、入院患者のきょうだいが連れてこられる場合に備え、知育玩具の置かれたプレイコーナーもある。

それはさておき、今はまずマディスンとの話だ。彼女は両手を固く組み合わせ、セオが発する言葉を待ち受けている。

「アイビーの具合はどうなんだ？」

「いいわ。ここ二日は特に悪くなっていないわよ」良かった。少なくとも、下降線を描いていると思ったのは杞憂《きゆう》だったのだ。だが、セオが話したいのは別のことだ。

とりあえず、漏れ聞いた会話の件から始めることにした。「アイビーが立ち入った質問をして申し訳なかった。あの子はまだ、言っていいことと悪いことの区別がついていないんだ」

「私の両親のこと？　それなら気にしないで。アイビーのほうからお母さんのことを打ち明けてくれたので、家族を失ったのは自分だけじゃないと知れば、気持ちが楽になると思ったの。こんな話はしないほうが良かったのなら、ごめんなさい」

「そんなことはない」マディスンがそんな理由で親のことを話したとは思いもよらなかった。自分がマディスンと話をしようと思った理由が、ちっぽけで自分勝手なものに感じられた。たしかにアイビーはマディスンに愛着を寄せているかもしれない。だからといって僕は娘に、誰とも絆《きずな》を結ばない人生を送ってほしいのか？　母親を愛さないまま育ってほしいのか？　そうではないはずだ。

マディスンは、母親がいつ亡くなったか知らず、父親には会ったこともないと言っていた。充分なよりどころを持たずに育つのは大変だっただろう。

気がついたときには、こんな言葉が口からこぼれ出ていた。「お母さんのことはお気の毒だった」

「ありがとう。でもずっと母に育てられていたわけじゃないから」

「養子になったんだな」

「残念ながら、そこまで幸運じゃなかったわ」マディスンはいったん言葉を切った。「私が十歳のクリスマスイブに、母はドラッグを過剰摂取したの。クリスマスの朝、ツリーの下に何も置かれていないとわかって初めて、私は母の異変に気づいたわ。うちは貧乏だったけれど、何かしらクリスマスプレゼントがあるのが普通だったから」

何てことだ。

「母はキッチンの床に倒れていた。調理台には注射器と、クリスマスプレゼントを包むための包装紙が転がっていたわ。私へのプレゼントはブレスレットを作るキットだった」

マディスンは肩をすくめた。

「すぐに私は里親の世話になることになった。受け入れ先が見つかるまで、パトカーの中で長い間待ったのを覚えている。きっとおまわりさんもクリスマスの朝に、こんな仕事はしたくなかったでしょうね。でも婦警さんはとても優しかった。ファストフードを買って食べさせてくれて、泣きながら母のことを尋ね続ける私をハグしてくれた。母はそのときには死ななかったわ。それから一年くらいは、定期的に面会もできた。結局私はどの里親とも上手《うま》くいかず、最終的にはグループホームに落ち着いた」マディスンは微笑《ほほえ》んだ。「その頃から私は、頑固で扱いにくい子どもだったから。私がこれまで勤めてきた病院に問い合わせれば、今でもそうだとわかるはずよ」

つらい過去を何でもないことのように言っているつもりなのだろうが、そうは聞こえなかった。「君は頑固じゃない。ただ粘り強いだけだ」

「言い方が違うだけで同じことよ」マディスンの笑みが曇った。「そういうわけで、クリスマスにはあまりいい思い出がないの。実を言うと、私のような者にとって医者はうってつけの職業なのよ。たいがいの医者はクリスマス休暇中も何日かは働かなくてはいけないけれど、私ならその間ずっと働けるから」

セオにとってもクリスマスはつらい時期だが、マディスンとは逆に、セオはアイビーのために休みを取るようにしていた。たとえ自分はクリスマスが嫌いでも、娘には楽しい思い出を作ってやりたかった。

「君の気持ちはよくわかる。僕の妻もクリスマスの前に亡くなったんだ」

「この時期はあなたが悲しそうだとアイビーも言っていたわ」

「あの子は年のわりに利口なんだ」

「私たちのような子どもは、そうならざるを得ないのよ」突然マディスンは言葉を切った。「言い方が悪かったわ。あなたは素晴らしい父親だし、アイビーはとても幸運だと思うわ」

目下のところ、どちらも真実には感じられなかった。できるだけ娘と過ごせるよう努力はしているが、セオが長時間働いているのは間違いないし、アイビーの現状は幸運とはほど遠い。

「もっとアイビーのそばにいてやりたいんだが、なかなかそうはいかなくてね。僕が家にいない間は、ジュディに頼っているのが現実だ」

マディスンは目を見開いた。「ジュディ？」

「失礼、うちのハウスキーパーだ。不本意ながら、ジュディにはナニーの役割も担ってもらっている」

「よくお見舞いに来ている年配の女性かしら？ てっきりアイビーのお祖母《ばあ》さんだと思っていたわ」

「僕の両親は僕が学生のころに亡くなったし、ホープの母はアルツハイマー病で施設に入っている」

「お気の毒に」マディスンは口ごもった。「ハウスキーパーがいると聞いてはいたけれど、あなたの仕事中に、アイビーの面倒を見てもらうためだとは思わなかった」

「望ましい状態でないことは、誰よりも僕がわかっている。ただ僕には家事をしている時間がない」

「非難しているわけじゃないの。私はただ……」マディスンの声が小さくなって消えた。

どこか謝罪するような口ぶりだったが、彼女がいったい何を謝りたいのか、セオにはわからなかった。

「非難されたようには感じなかった」セオはまだ腿に肘をついていたが、少し身を乗り出したせいで、手を伸ばせば届くところに金髪のカーテンが近づいていた。

うっかり衝動に負けて手を伸ばさないよう、セオは指を組み合わせ、その上に顎をのせた。

「お願いがあるんだけれど、いいかしら？」

「もちろん」そう答えたものの、セオは緊張した。

「かなり立ち入ったお願いなんだけど」

緊張がさらに高まって体がこわばり、何も考えられなくなった。「どんな頼みなんだ？」

「奥さんの名前はホープというの？」

ちくしょう。今ここでいちばん話題にしたくないのは、亡き妻のことなのに。「そうだ」

「ホープのカルテを見ることができるかしら？　それから、あなたのカルテも」

「何だって？」

「ぶしつけなお願いでごめんなさい。でも見落としていた遺伝的要素がないか、確かめたいの」

ホープからの遺伝でアイビーが病気になったと言いたいのか？「筋ジストロフィーの検査をしたときに、もう調べたんじゃないか？」

「でも他の病気の可能性もあるわ。ホープはどうやって亡くなったの？」

「散歩をしていて、車にはねられた」思わずセオの声が尖《とが》った。たしかにこれは立ち入った質問だ。

マディスンが昂然《こうぜん》と顔を上げた。頑固な子ども時代を彷彿《ほうふつ》とさせる表情だった。求める答えが手に入るまで、簡単には引き下がりそうにない。

「事故に遭う前に、ホープの足もとがふらついたことは？　何かいつもと違うことはなかった？」

あっただろうか？　最後に妻を見たときのことをセオは思い起こした。亡くなる前の晩、ホープとは愛を交わした。次の朝、ホープは朝食を作り、出勤するセオを見送ってくれた。ふらついてなどいなかった。長時間勤務の夫を忍耐強く支えてくれる、いつもと変わらぬ愛情深い女性だった。

「いや、どこもおかしくなかった」

少しの間マディスンは動かなかった。それからセオに手を伸ばした。「本当にお気の毒に」

まずいと思いながらセオは彼女の手を取り、必死で頭を巡らせた。「僕やホープのカルテから、どんなことがわかると思っているんだ？」

「これまでの検査結果はすべて行き詰まりだったわ。あなたやホープのカルテを見れば、何か新しい着眼点が得られるかもしれない」手をつないだままマディスンはセオの隣の椅子に移動して、こちらに向き直った。「ひょっとして、ホープがハンチントン病にかかっていた可能性はないかしら？」

筋肉の動きが制御できなくなり、やがて認知機能も低下する神経疾患だ。親から子へ遺伝する難病で、最後には死に至る。もしアイビーが……。

そんな可能性は考えたくもなかった。けれど、ひょっとしてホープが亡くなった事故に、僕も気づかなかった病気が関わっていたのだとしたら？

「カルテは見てもらってかまわない。だが、妻の遺体を掘り起こすことまではしたくないな」

マディスンはつないだ手をぎゅっと握った。「私だってそれはしたくないわ。私はただ、遺伝性の病気である可能性を追ってみたいだけ。見込みがなさそうならすぐにやめる。やみくもに試行錯誤を重ねるつもりはないから」

「わかった。ホープのカルテを準備しよう。ただし、君がそれに目を通す場には僕も立ち合わせてくれ」

「もちろんよ。あなたのカルテも？」

「それも準備する」マディスンに隠すようなことは何もない。少なくとも病歴に関しては。もっとも今のセオの状況は、できれば彼女に隠しておきたいことがいっぱいだった。たとえば、つないだ手の感触に体の奥が騒いで仕方がないこととか。

「本当にハンチントン病かもしれないと思うか」

「いいえ。すべての可能性をチェックしておきたいだけよ」

「他の遺伝性疾患だとしたら何がある？」

「今のところ思いついたのはハンチントン病だけだけれど、可能性は他にもたくさんあるわ」

「たくさんでは答えになっていない」

「私はそうは思わないわ。たしかに可能性はたくさんある。でも大事なのは、その可能性を一つずつ消していくことよ。つい最近も、多発性筋炎が除外できた。アイビーの右足首に下垂足が見られたので、そうかもしれないと思ったけれど、胴体と首の屈曲に異常は見られなかったから」

多発性筋炎はあちこちの筋肉に炎症が起きる病気だ。心臓や肺が冒されることもあるので、その可能性はないと言われてほっとした。

つないだままの手を動かされたり、肩がふれ合ったりしたので、いやでもセオはマディスンを意識せずにはいられなくなった。

「私は徹底的にやろうとしているだけよ。病名がはっきりしない限り、アイビーを助けることはできないんだから。とはいえ、数日間ステロイド剤を投与するのも悪くないと思っているわ」

マディスンが首を傾けた拍子に、シャンプーの香りと、女性らしい香水のかすかな匂いが漂ってきた。

セオはごくりと唾をのんだ。ついさっきまでは大丈夫だったのに。

マディスンはまだ何かしゃべっていたが、セオにはもう、意味不明の言葉の羅列にしか聞こえなかった。セオの意識はすべて、つながれた手に集中していた。マディスンの手の温《ぬく》もり。彼女の思考が次々と展開するのに合わせて、手がぎゅっと握られたり緩んだりする感触。ほどなく、脳の理性を司《つかさど》る部分が侵食され始めた。

快楽中枢が活性化し、神経回路が――マディスンに出会って以来、ひっそりと彼女を意識し、うずいてきた神経が次々と発火し始めた。

「ためしに神経受容体を刺激して、その結果どうなるか見てみるのも……」

セオはつないだ指に力を込めた。マディスンはすでにセオの神経を充分に刺激している。その結果どうなっているか、少なくとも彼には明らかだ。

マディスンは首をかしげてセオの顔を覗《のぞ》きこんだ。

「セオ？　どうしたの？」

真実を告げるか、何でもないふりをするか、ここが正念場だった。とはいえ、マディスンはすでに何かがおかしいと気づいている。嘘《うそ》をついたら状況がまずくなるだけだ。

「セオ？」

「実を言うと、ちょっと困っているんだ」生い立ちを聞いたせいでマディスンの意外な一面がかいま見え、彼女がよそよそしく見える理由に合点がいったせいかもしれない。あるいは、アイビーの病気が心配なあまり、セオの分別が機能しなくなったのかもしれない。いずれにせよセオは、後先を考えずに衝動的なことがしたくてたまらなかった。

「何に困っているの？」

「次から次へとスピーディーに展開していく君の考えについていくのに」

「ご、ごめんなさい」

「謝る必要はない。でも僕はそのせいで気持ちをかき立てられ、頭がおかしくなりかけている」セオはつないでいた手を離し、マディスンの首に伸ばすと、脈打つ喉元に親指を滑らせた。次に首筋に指を走らせ、信じられないくらい柔らかな感触を楽しんだ。

「コントロールすべき衝動とわかっているのに……

コントロールしたくなくて困っている。だから君が僕に〝やめろ〟と言ってくれ」

マディスンは唇を湿らせ、何かを言おうとして思いとどまった。二人の目が合った。「私には無理よ」

セオはその返事に食いついた。あたりには誰もいないのに、彼は声を潜めた。「やめろと言えないのか、やめてほしくないのか、どっちだ？」セオは身を乗り出し、マディスンの首に回した手にわずかに力を込めた。二人の唇が数センチの距離に近づいた。

「やめてほしくないの……だから……」マディスンの手がセオの肩に伸び、ボタンダウンのシャツごしに手の温もりが伝わってきた。そして、あらかじめ決まっていたことのように、マディスンが唇を重ねてきた。

もう何年も眠っていた感覚がまばゆい光となってほとばしり、セオは何も見えなくなった。

ようやく目が見えるようになったとき、セオはマディスンにキスを返していた。その瞬間、困った状況に陥ったのがわかった。これ以上ことを進めず、キスをやめるべきなのに、セオの体も唇も、理性の言うことを聞こうとしなかったからだ。

そうなると、流れに身を委ねる以外、セオにできることはなかった。いつなんどきマディスンがわれに返り、急ブレーキをかけないとも限らない。

キスだけでなく、ここでの仕事も。

そんなことになったら自分はどうすればいいか、セオにはわからなかった。

5

体がおかしな角度に曲がっていたが、マディスンはかまわなかった。筋肉の力が尽きるまで、このままでいたかった。そう思ったとき、ちらりと何かが心に引っかかったが、マディスンはそれには取り合わず、さらにセオに身を寄せた。

今は何も考えたくなかった。ただ感じたかった。誰かに抱きしめてもらうなんて何年ぶりだろう？

セオの手がマディスンの顔を包んだ。彼の胸でため息ともうめきともつかぬ声が響いたとき、今まで感じたことのない思いがこみ上げてきた。彼を熱く燃え上がらせたくてたまらない。マディスンは舌を突き出し、セオの唇を味わった。

思っていたとおり天国の味がした。

体からさらに力が抜けたとき、さっき引っかかった何かが頭の片隅に戻ってきた。思考を促される感触を覚えて、マディスンはセオの肩から手を離した。

筋力の低下。

車椅子。さらにその先は……。

アイビー！

どっと現実が襲いかかってきて、マディスンは重ねていた唇を離した。私はいったい何をしていたのだろう？　患者の父親とキスをするなんて。

「ごめんなさい、セオ」マディスンは何回か深呼吸すると、くらくらする頭をふってはっきりさせた。

セオはマディスンを見つめ、手の甲で口もとをこすった。キスの名残を拭い去りたいとでも言わんばかりに。

抗議するようにマディスンの心臓が激しく打った。

「謝るのは僕のほうだ、マディ。どうしてこんなことをしたんだろう。」

とをしてしまったんだろう」

マディスンはごくりと喉を動かした。彼女をマディと呼んだのは実の母だけだった。それ以外の誰にも、マディスンは自分をマディと呼ばせなかった。どの里親の家庭でも困り者扱いされたのは、誰かが親しみを込めて愛称で呼ぼうとするたび、マディスンが激高したことも一因だった。

親しみなど要らなかった。欲しかったのは隔たりだ。プロムで悲惨な経験をした後、ますますマディスンはそう思うようになった。

それなのに今はどうだろう？

マディと呼ばれて小さなおののきが身のうちを走ったことに気づかないふりをしながら、そして今のキスで二人の関係が変わってしまったかもしれないことは考えまいとしながら、マディスンは椅子に座り直した。「ひょっとしたら、病気の原因を突き止めようと、私たち二人とも根を詰めすぎたのがいけなかったのかも。焦りと疲れで、いつもの自分を見失ってしまったんだわ」

セオはどうか知らないが、少なくともマディスンは本来の自分ではなかった。

「たしかに」セオはちらりと周囲に視線を投げた。「実は、君に話しておきたい気がかりなことがあるんだ」

「気がかりなこと？」

セオは顔をしかめた。「そうだ。アイビーは母を失うという痛ましい体験をしている。だからあの子があまり心を寄せすぎるのは……」言葉を選んでいるのか、彼はしばし口を閉ざした。

まさかセオは、アイビーが私に懐《なつ》きすぎていると思っているの？ ひょっとして、もうアイビーに関わるなと言われるのだろうか。たしかにセオはアイビーの父親だ。そういう判断を下す権利はある。

やがてセオは言葉を続けた。「ドゥードルといったか、あのセラピードッグにアイビーの情が移るのは、ちょっと問題だと思うんだ。もしドゥードルが病院に来なくなったらどうなる?」

安堵《あんど》のあまりマディスンの体から力が抜けた。てっきり非難されるのは自分だと思っていた。マディスンがアイビーのそばで長時間を過ごしているのは事実だったからだ。

「てっきり私が責められると思ったわ。でも安心して。私はどの患者ともできるだけ多くの時間を過ごすようにしているの。病気の診断に役立つと思うなら何でもするのが、私の仕事のやり方なのよ」

セオが不快そうにたじろいだ。しまった。これではまるで診断のためなら、いつでも患者の父親とキスしているように聞こえる。

「さっきはそんなつもりで……」キスという言葉を口にすることはできなかった。それに、もしセオのほうこそ娘を助けるためなら何でもするつもりで、私に迫ってきたのだとしたら?

キスをした私にどんな釈明ができるわけ?

さっきセオに言ったとおりの理由だ。私は求める答えが見つけられず、ひどい焦りを感じていた。激しい感情は、圧力バルブで抑えなければ爆発してしまう。

アイビーの担当を外れない限り、いずれ感情が手に負えなくなる日が来るのは間違いない。

今のような状況に再び陥らないよう、感情を抑える術《すべ》を身につけなければいけない。

「それを聞いて安心したよ。つまり僕たち双方の過失というわけだ。君は魅力的で頭のいい女性だし、娘も君に懐いている。つい僕も状況に流されてしまった」セオは言葉を切った。「こうなる可能性があるとわかった以上、これからは後先を考えずに行動することがないよう、お互いに気をつけよう」

「後先って?」

「もし君が僕から特別待遇を受けていると噂《うわさ》されたら、どうなる?」

マディスンは声をあげて笑った。「特別待遇ってどんなもの? ご立派なセオ・ホークウッドにキスしてもらえるとか?」

まだ動揺がおさまっていなかったせいで、どこか皮肉っぽい口調になってしまった。

「二人きりでいるところを誰かに見られて、君に何か魂胆があるのだと思われたら?」

胸がぞくりと冷えた。もしも私が出世を狙っているとか、このままホープ子ども病院に勤め続けたいとかの理由でセオに言い寄っていると誤解されたら? 世間ではよくあることだ。何よりセオ自身が、これこそ私の意図だと思って、こんな話を始めたのだとしたら?

冷え冷えとした気持ちが胸に広がった。私はこれまで必死で頑張ってきた。便宜を図ってもらったこともなければ、誰かを利用して利益を得ようとしたこともない。「私はけっして――」

「君がそんな人間じゃないのはわかっている、マディ。そんなことは思ってもいないよ。その一方で、僕が地位を利用して、君にセクハラをしていると考える人間が出てくるかもしれない」

「それこそ誤解だと私が力説するわ」今やマディスンの胸は冷たく凍りついていた。最初の里親に、他の家に移るよう言われたときのように。あのときマディスンは自分には長きにわたって頼れるものがないと思い知り、期待はするだけ無駄だと悟った。幸運なことに、医大に進んでからはありあまる怒りと絶望のエネルギーを勉学に注ぐことができた。簡単に諦めない頑固な気性が、学問の世界では役に立った。診断専門医になった今は、一般には欠点と思われる性格を長所として生かすことができている。

降参とばかりにセオが両手を上げた。「わかった。

お互いに今回の失策を認めたうえで、今後はその修復と改善に努めよう」

「同感だわ」

「まず手始めに、町に出かけたらどうだろう。僕は今週の木曜日とクリスマスイブが休日で、それ以外にも半日の休暇を二回取ることができる」

「町に行くって……私たち二人で？」

「そうだ」

信じられないとばかりにマディスンは眉を上げた。「頭でもおかしいの？」木曜日ですって？　そんな短い期間では、さっきのキスの記憶を脳の奥にしまいこむことはできない。

セオはにっこり笑った。「二時間ほど病院を離れて、診察にも患者にも関係ないことをしたら、もう少し差し障りのない方法でストレス解消ができるんじゃないかと思ったんだ」

「アイビーはどうするの？」

「容態が安定していれば何の問題もない。あの子は二十四時間、看護が必要なわけじゃないんだから」

今のところは。けれど私が病因を突き止められなければ、そうなる可能性は充分にある。マディスンは不安を脇へ押しやった。「どうかしらね」

「無理強いするつもりはないよ。でも君は、仕事をしていない時間も、ずっとアイビーの部屋で過ごしているだろう？」

それは事実だった。もしセオの言うとおり、さっきのキスが仕事のストレスで限界点を超えてしまったせいだとしたら、彼の申し出を断るのは賢明ではないかもしれない。

「いいわ。アイビーさえ問題なければ」

セオは札入れを取り出した。「実は、キングズカレッジ・チャペルのクリスマス礼拝のチケットを毎年もらっているんだ。良ければ君にあげるよ」

「クリスマス礼拝ですって？」思わず硬い声が出た。

「キングズカレッジ合唱団のクリスマス聖歌《キャロル》を聞いたことがないのかい？」

「あるわ。でも、前もって録音したものだと思っていたけれど」

セオはうなずいた。「たしかにラジオで放送されるのは録音だ。でもクリスマスイブの午後三時に、生の合唱つきの礼拝がチャペルで行われる」

マディスンは鼻にしわを寄せた。「さっきも言ったとおり、私はクリスマスがあまり好きじゃないの。わざわざクリスマスの行事に出席しようとは思わないわ」

「ただの礼拝だよ。サンタクロースが出てくるわけじゃない」セオはマディスンの手を取り、てのひらにチケットをのせた。「これは余分のチケットだ。僕の分は別にある。だから、気が変わったときのために持っていてくれ」

チケットごしに伝わってくるセオの体温を、マディスンは必死で無視しようと努めた。「私が行かなかったらチケットが無駄になるわ」

「いつもは僕一人で行っているんだ。余分のチケットはこの五年間、使わないまま処分してきた」

つまり六年前までは夫婦で聞きに行っていたということだろうか？　そう思うと胸が痛み、要らないとは言えなかった。

「ありがとう」マディスンはメモ帳を出してチケットをはさみ、ポケットに戻した。

ちょうどそのときエレベーターのドアが開いて、マルコ・リッチが降りてきた。左に曲がりかけたところでマルコは二人に気がつき、セオに声をかけた。

「君のオフィスに行くところだったんだ」

「また外科医が足りないのか？」

「何だって？」すぐにマルコは、セオが助《すけ》っ人《と》で手術したことを思い出したらしく、二人のところへやってきた。「今日は間に合っているよ」

マルコはマディスンに目をやった。「そういえば、先日は君も手伝ってくれたと聞いた。ありがとう」

「どういたしまして。私はほとんど横で見ていただけだったけれど」

マルコは微笑《ほほえ》んだ。「君たち二人が揃《そろ》っていて助かった。実は土曜日の夕方に、アリスと二人でちょっとした計画を立てている」マルコは咳払《せきばら》いした。

「二人だけで民事婚を挙げるんだ。いずれイタリアで大々的な披露宴をするつもりだけれど、それまで待てなくてね。それで……結婚式に立ち合う証人が二人必要なんだ。よければ君たちに証人を頼めないだろうか。マディスン、アリスは君をかけがえのない友人と思っていて、ぜひ立ち合ってもらいたいそうだ。アリス本人が君に頼みに行くと言っていたが、このところ彼女は仕事やら赤ん坊のことやらで忙殺されていてね」

アリスは妊娠しており、はつらつとした喜びではちきれそうだった。

マディスンはちらりとセオを見やり、彼が引き受けようが引き受けまいが、自分は証人になろうと決めた。マルコとアリスほど幸せになってしかるべき人間はいない。「ぜひやりたいわ。何時からなの？」

「夕方の六時だ。来られそうかい？」

「ええ、もちろん」

マルコはポケットに手を突っこんだ。「セオ、君は？　引き受けてくれるかい？」

「喜んで立ち合うよ。場所はどこなんだ？」

「ホテル・デュ・モンデだ」

セオがひゅーっと口笛を吹いた。「奮発したな」

マルコはセオの肩を叩《たた》いた。「自分の幸運が信じられないよ。アリスと結婚できるうえに、赤ん坊も生まれる。これ以上、何が要るって言うんだ？」

「たしかに」どこか羨ましそうなセオの声音に、マディスンの目が涙でちくちくした。彼は亡くなった妻のことを考えているに違いない。

「アリスは赤い薔薇《ばら》と緑の蔦《つた》のブーケを持つんだ。もしだから赤と緑をテーマカラーにしたいらしい。もし赤か緑の服を持っていたら、ぜひ着てきてくれ」

マディスンは頭を絞ったが、ドレスはもとより赤や緑の服は持ってきていない。つまりどこかで買わなければいけないということだ。それなら、セオと買い物に行って、そのまま結婚式に出席したらどうだろう。

そうすれば、いっしょに過ごす男性のことより、するべきことのほうに意識を向けていられる。セオのほうがこの町には詳しいから、服を買う店も教えてもらえるに違いない。「式はフォーマルなの？」

「いや、セミフォーマルだ」

つまりワンピースが必要なのね。セミフォーマルでもレースのスカーフは要るのかしら？　今度アリスかネイオミに会ったときに訊《き》いてみよう。驚いたことに、気がついたらマディスンの周りは恋愛ラッシュに続く結婚ラッシュだった。

相変わらずマディスン自身は、輪の外からそれを傍観しているだけだったけれど。

「本当におめでとう」

「ありがとう」マルコはちらりとエレベーターに目をやった。「さて、これから手術なんだ。君たちが立ち合ってくれると聞いたら、アリスも大喜びするに違いない。質問があればアリスに連絡してくれ。主導権は彼女が握っているからね」

そう言ってマルコは幸せな人生の次なるステップに進むべく、その場を去っていった。

マディスンはセオに向き直った。「結婚式に着ていく服がないの。木曜日に出かけるのはやめて、式に立ち合う前に、町に服を買いに行かない？　着替えはホテルでできるはずよ。あなたにそれだけの時間が取れればだけど」

「それなら問題ない。僕も君の服に合わせて、赤か緑のネクタイを買うことにしよう。アリスを怒らせたらまずいことになる。アリスが怒ればマルコが怒り、下手をすれば病院じゅうのスタッフが怒ることになりかねないからね」

どうやら別々の店に行くのではなく、いっしょに買い物をすることになりそうだ。とはいえ、その後の予定が決まっている以上、何かおかしなことが起きる余地はない。

たとえばキスをするとか。

さらにその先へ進むとか。

なぜならさっきキスしたとき、マディスンはそれ以上のものが欲しくてたまらなくなったからだ。マルコが来る前に、分別を取り戻していて良かった。取り返しのつかないことになるところだった。

アイビーの命がかかっている今、マディスンにもセオにも、そんなことにふけっている余裕はないのだから。

木曜日の晩、セオは自分とホープのカルテをオフィスのデスクに広げ、マディに見てもらっていた。彼女は一ページずつなめるように記録を読み、血液型のような些細《ささい》な情報から、検査結果の表まで丹念に目を通した。「あなたのお母さんは糖尿病だったのね。あなたにその兆候は見られないけれど」

「母は遺伝的要因の少ない1型糖尿病だった」

それに糖尿病は、まず間違いなくアイビーの病気とは関係ない。すでにマディはホープのカルテを読み終えていたが、手がかりは何も得られなかった。どちらの家系にも、遺伝的異常が疑われる病気も、二人が知る限りの筋肉が冒される病気も見当たらなかった。もちろんハンチントン病の者もいなかった。

ホープのカルテを見ると胸が痛んだ。けれどそれはかつてのような深く鋭い痛みではなく、娘に母親を与えてやれない切なさに近くなっていた。ホープのことは愛していた。その点は間違いない。でもホープは亡くなった。セオは長い時間をかけて、彼女がふと部屋に入ってきて抱きついてくれることはもうないのだという事実を、ようやく受け入れられるようになっていた。

アイビーはホープがくれた最高の贈り物だった。でも夫婦で過ごした時間は今でも大切な思い出だ。でも仕事を優先して妻に寂しい思いをさせたことを、セオは何よりも後悔していた。その教訓から、意識的にアイビーと過ごす時間を増やすようにしているが、まだまだ充分だとは思えない。娘の病気がセオに、人生で何を大事にするべきなのかを教えてくれた。

そのためには余計なこと——たとえば、デスクの向かいに座る美女に見とれるようなこと——に気を散らしてはいけないことも。

マディがこの病院に来たその日から、セオは彼女が気になって仕方がなかった。最近ますますそれがひどくなっている気がする。いっしょに買い物にでも行けば、病院の思いがけない場所でマディと出くわすたび、どきっとして彼女を意識してしまうことが減るかもしれない。そう、たとえば娘の病室で眠っている姿を見たときとか。

「君はいつもアイビーの病室で寝ているのか？」

マディは目をしばたたき、下唇を噛《か》んだ。「毎晩じゃないわ。ときどき夜遅くまで仕事をしていて家に帰る元気もないほど疲れたときに、あの子の部屋をのぞいたりすると、ベッドサイドの椅子に座ったまま眠りこんでしまうときがあるの」

セオが見た姿もそうだった。マディはベッドの横にある椅子に丸くなって眠っていた。どれほど見てはいけないと思っても、まるでホープとアイビーを見ているような気がして、セオは二人から目を離せなかった。マディは彼の妻でもなければ、アイビーの母親でもないはずなのに。

非難したつもりはなかったのに、マディの口ぶりは後ろめたそうだった。セオ自身のやましさはともかく、彼女の不安を解消したくてセオは口を開いた。

「責めているわけじゃない。実は僕は、病室の続き部屋にあるソファベッドで眠っているんだ。椅子ではゆっくり眠れないだろう？　遅くまで仕事をするときは、僕のオフィスにあるソファベッドを使ってくれ」

「あなたがアイビーの隣の部屋にいるなんて、思いもしなかったわ」

「気づかなくて当然だ。たいてい朝早いうちに部屋を出るからね。ただ、アイビーが一人きりで夜を過ごさないですむよう添い寝をしてくれているのなら、その心配はないと言いたかっただけだ」

「その心配はしていないわ。ただ単にアイビーの部屋がスタッフ用の休憩室より静かだから、つい眠ってしまうだけ。それに、病室の椅子はそれほど座り心地が悪くないのよ」

「だからといって熟睡はできないだろう。僕のオフィスのベッドで体を伸ばして眠るといい。勝手に部屋には入らないと約束するが、心配なら〝起こさないでください〟の札をドアにかけてくれ」

「ありがとう。考えておくわ」

「ぜひそうしてくれ。アイビーをあの病室に移してから、僕はずっと隣の部屋で眠っているから、オフィスのベッドは空いているんだ」

椅子でうたた寝するマディの姿はとても無防備に見え、セオの心の平穏を失わせるには充分だった。ちょっとしたアドバイスで、彼女が手の届かないところか、せめて見えないところに移動してくれればありがたい。続き部屋のベッドを勧めようと思ったこともあるが、アイビーがセオの娘である以上、こちらのベッドはセオが使うべきだった。

「ありがとう。そうさせてもらうかも」マディは首を右に傾けた。「ベッドで寝たら、この首の凝りも治るかもね」

そう言われたとたん、責められたわけでもないのにセオは罪悪感に駆られた。

「すまない」

「謝らないで。病室で勝手に眠ったのは私よ」マディはデスクの上でカルテを揃えた。「夜の間、あなたが隣の部屋にいるなんて思いもしなかった。朝にはきちんとソファの状態に戻っていたから。まさか、私は鼾《いびき》をかいたりしていないわよね？」

「部屋を出るときにすべて元通りにしておいたからね。鼾はまったくかいていなかったよ。ときどき鼻を鳴らすような寝息をたてていただけで」

とても愛らしい寝息だった。

「鼻を鳴らしていたですって？　あらいやだ」マディはいったん言葉を切った。「どうやらあなたは長時間眠らなくても大丈夫な体質らしいわね」

「そのとおりだ。六時間も寝れば目が覚める」

それに加えて、寝ぼけ眼に寝癖のついた髪で、朝一番にマディと顔を合わせたくなかった。だからまだ彼女が寝ているだろう時間にアラームをセットして起きるようにしていた。オフィスのベッドを勧めたのは、さすがのセオも充分に眠れない日が続いて、そろそろこたえてきたからだ。

タイミング良く、マディがあくびをした。腕時計を見るともう十時前だ。「今夜はここまでにしないか。カルテはここに置いておくから、もう少し見たければ見るといい」

「見るべきものは全部見たと思うわ」マディは口ごもった。「今夜もアイビーの部屋で眠るの？」

「そのつもりだ。さっそく今夜から僕のソファベッドを使ったらどうだ？」セオはオフィスの隣にあるリビングルームにマディを案内した。「シーツと毛布、それに枕はクローゼットに入っている。明朝のシフトは？」

「朝六時からよ」

カルテを見たいと言い出したのはマディだったが、遅くまで引き留めてしまったのをセオは申し訳なく思った。「それじゃあ、決まりだ」

「あなたは本当にかまわないの？」

「もちろん」誰にとってもこれがいちばんいい解決法だ。マディが居心地良く寝ていると思えばセオも安眠できる。何より、寝息を聞くたびに隣の部屋のマディを意識して、眠れぬ夜を過ごさずにすむ。

「それなら、ありがたく使わせてもらうわ」

「オフィスとリビングの間のドアを閉めれば、誰も入ってこない。バスルームもついている」セオはカルテの入った二つのフォルダーをデスクの隅に重ねた。「これは明日、返しておくよ」

「ありがとう」マディはあくびを噛み殺した。そろそろ部屋を出る潮時だろう。

「何か訊きたいことがあれば、メールか電話をしてくれ」セオは鍵と札入れを手に取ってドアに向かった。「じゃあ、また明日」

ドアが閉まるのを待って、マディスンはこわばった体を伸ばした。長時間デスクの上に身を乗り出していたせいで、肩と首が凝っていた。それ以上に、探していた手がかりがまったく見つからなかったことにいらだちが募った。マディスンは痛む筋肉をほぐそうと体を左右にふりながら、オフィスに飾られたセオの学位や賞状を興味深く見て歩いた。

ホープ子ども病院への表彰状をよく見ようと壁に近づいたとき、デスクの上の写真立てが目に留まった。カルテを読んでいたときはフレームの裏側しか見えなかったので、何が入っているかわからなかった。てっきりアイビーのスナップ写真だろうと思っていたが、そうではなかった。そこにはセオと、赤ん坊を抱いた若い女性が写っていた。セオはマディスンの知っている彼より若く、今のように眉間にしわを寄せてもいない。長い金髪の美しい女性は、はつらつと顔を輝かせ、とても幸せそうに見えた。

マディスンは壁に目を戻した。ふと、さっき見た何かが心をかすめた。フレームを手に、マディスンは部屋の隅に向かった。そこにはホープ・エリザベス・ミューラーの医学士および外科医学士――アメリカの医学博士に相当する学位――の学位証明書が飾られていた。アイビーの母親に違いない。そうすると彼女はセオと結婚する前に、医大を卒業していたのだ。そしてセオはこの病院を妻にちなんで名づけたのだ。マディスンは学位証明書の隣に写真を掲げ、セオと妻がどんな人生を送っていたか思い描こうとした。

幸福そのものだったに違いない。

生涯の愛を誓った相手を失ったとき、いったい人間は立ち直れるものだろうか。

不意に背後でドアの開く音がした。驚いた拍子にマディスンの指が緩んだ。フレームが床に落ち、ガラスの割れる嫌な音が響いた。

こそこそ部屋を見て回っていたところを現行犯で見つかったと思って、マディスンはぱっとふり返った。

ドア口に立ったセオが首をかしげ、デスクからマディスンへと視線を移し、それから顔をしかめた。

「セオ、本当にごめんなさい。この写真を見つけて、眺めていたら――」

「いいんだ、マディ。いつかは壊れるものだ」

マディスンはごくりと唾をのんだ。壊れるのは何だろう？　フレーム？　それともセオの心？

「あなたの私物を勝手に見るべきじゃなかったわ」

マディスンは慌ててしゃがむと、割れたガラスを集め始めた。なめらかな写真の表面に、ガラスの破片がかすった白い筋があるのに気づいて、マディスンははっとした。胃が締めつけられるように痛くなった。私はいったい何を考えていたの？

セオと並んで赤ん坊を抱き、ほのぼのした家族写真に写るのも悪くないって？

まさか。そんなことは考えてもいなかった。

セオが部屋に入ってきた。「そんなことは気にしなくてもいい」セオはちらりと写真を見やり、大きなガラスの破片を慎重に拾った。

マディスンはフレームをセオに差し出した。「写真のデータが残っていたら、私が印刷するわ」

「データはどこかにあったはずだ。でも印刷は僕がやろう」セオは集めたガラス片をデスクにのせると、フレームを裏返して背面の板を外した。

セオは取り出した写真をふって、細かいガラス片を落とした。その拍子に、写真の裏に書いてある言葉がマディスンの目に入った。〝愛するあなたへ。この写真を見たら私たちの待つ家に帰ってきて〟

マディスンははっと息をのんだ。涙で視界がぼやけてくる。何回かまばたきして、ようやく視力が戻ったとき、セオが奥歯を食いしばり、写真の裏面をにらんでいるのが見えた。彼も書きこみに気づいたのだ。セオは写真をひっくり返してデスクに置いた。

「すまない。ひげ剃《そ》りを取りに来たんだ。てっきり君はもうベッドに入っているだろうと思ったから」

ところがマディスンがセオの私物を漁《あさ》っている現場に出くわしたわけだ。セオのプライバシーを侵すつもりはなかった。ただ写真に目を引かれただけだ。それに、そもそも見られて困るものがここにあっただら、セオはオフィスを使えなどと提案しなかっただろう。

さすがに写真立てのガラスを粉々にされるとは思わなかっただろうけれど。

「この写真はフレームに入った状態で受け取ったんだ。裏に何か書いてあるなんて気がつかなかった」

彼は初めてこの書きこみを見たというの？

泣いてはだめよ、とマディスンは自分に言い聞かせた。

「本当にごめんなさい」

「謝らなくてもいい」セオはしゃがんだままのマディスンに手を差し出した。「残りは明日僕が片づけるから」

マディスンはセオの手を借りて立ち上がり、写真を見やった。「彼女は心からあなたを愛していたのね」

「そうだ」しばらくセオは何も言わなかった。「ホープが亡くなったのは、この写真を撮った一週間後だ。クリスマスの直前だった。このフレームはラッピングされて、ツリーの下に置いてあった」

打ちひしがれたセオがクリスマスツリーの下でプレゼントを開封している姿を思うと、ガラスで切るような鋭い痛みがマディスンの胸に走った。

「ホープが飲酒運転の車にはねられたとき、僕はいつものように仕事で家にいなかった」セオはオフィスの中ほどに歩を進めた。「病院ができあがったら、二人でこのオフィスを使うつもりだった。でもホープにそのチャンスは巡ってこなかった。彼女はすべてを諦めて家庭に入り、僕を支えてくれたのに」

マディスンは顔をしかめた。「彼女がそんなふうに考えていたとは思えないわ。写真のホープはとても幸せそうだもの」

セオは写真を手に取り、子細に眺めた。「そうかな？　僕にはわからないよ。この写真を飾ってあるのはアイビーのためだ」

セオ自身のためではなく？　毎日のように亡き妻の顔を見るのはつらいのだろうか？　五年のときを経て、セオの顔には厳《いか》めしさとしわが加わった。妻が五年でどう変わるか、セオが想像することはあるのだろうか？　それともセオの中では、彼女は永遠に若く美しく、希望に満ちたままなのだろうか？

アイビーは父親が悲しそうだと言っていた。その理由がようやくマディスンにもわかった。

「代わりのフレームを買ってくるわ」

「明日にでも僕が持ってくる。たいしたことじゃない」

セオにとってたいしたことではなくても、マディスンにとっては大ごとだった。彼女の不注意から、セオが胸の奥に封じこめていた苦悩を解き放ってしまったのだから。セオが亡き妻の書きこみに今初めて気づいたのだとしたら、何と悲劇的な状況だろう。同じ写真に写っている娘が、命に関わりかねない病気と戦っているのだ。ひょっとしたらセオは、妻を救えなかったように娘も救えないと無力感に襲われているかもしれない。

つまり、すべては私にかかっているということだ。アイビーの手足に力が入らなくなった理由は、私が突き止めなければいけない。病気を完治させるために。せめて、症状の進行を抑えるために。たとえ一日二十四時間働き、ありとあらゆる医学雑誌をしらみつぶしに読むことになっても、絶対に突き止めてみせる。今こそ頑固で粘り強い性格の出番だ。

マディスンはセオの腕に手をのせると、まっすぐに彼の目を見つめた。「答えは私が絶対に見つけるわ、セオ。明日か明後日かわからないけれど、近いうちに必ず」

6

マディスンは顕微鏡を覗《のぞ》きこみ、大きく息を吸った。間違いない。細菌性髄膜炎だ。検査を依頼し、その結果から彼女の予測が正しかったと確認できるまで、本当にあっという間だった。マディスンは立ち上がり、ＩＣＵに向かった。不安でいっぱいの患者の母親が、そこでマディスンが来るのを待っている。まだ手遅れではなく、患者が完治することを祈るばかりだ。

廊下でアリスとすれ違った。アリスは私服だったから、今日は非番に違いない。そもそも今日、病院でアリスに会うとは思わなかった。

「こんなところで何をしているの？　てっきり結婚式の準備中だと思ったのに」

「これからホテルに向かうところなの。ついさっきまで手術だったのよ」

まったく。仕事熱心な外科医の好きにさせておいたら、ぎりぎりまで仕事をしているのだから。

ホープが亡くなる前のセオがそうだったように？

考えてはいけないと思うのに、あの写真のことが昼も夜もマディスンの脳裏を離れなかった。あれから一日半が経《た》っていたが、マディスンは仕事に忙殺され、新しいフレームを買いに行く時間が取れていなかった。セオのデスクにまだ写真があると思うと、何だか咎《とが》められているようで、オフィスのベッドは二度と使うことができなかった。セオが私にオフィスを使わせたことを、ホープは夫の裏切り行為だと思うだろうか？　彼が私にキスしたことは？

これ以上考えてはだめ。マディスンは自分をたしなめた。この調子では頭がおかしくなってしまう。

マディスンが浮かぬ顔をしているのを誤解したのか、アリスが心配そうに尋ねた。「今夜はセオと来てくれるのよね？」

「ええ。式の前にドレスを買いに行かなくちゃいけないけれど、もちろん式に立ち合うわ」

「良かった。じゃあ、ホテルで待っているわね」

アリスと別れると、再びマディスンは歩きだし、ほどなくICUにたどり着いた。カイル・ソーンダーズは人工呼吸器につながれていた。枕もとでは、心拍と血圧と測定する器械がモニター音を発している。親にとっては胸が張り裂けるような光景に違いない。

「何かわかりましたか？」シャーリー・ソーンダーズが椅子から立ち上がった。青ざめた顔の中で、赤く充血した目だけが目立った。

「ええ。カイルは髄膜炎でした。抗生物質を点滴投与することで、脳の炎症を抑えたいと思います」

「治りますか？」

マディスンはぴくりとも動かずに横たわるカイルを見やった。「病名がはっきりした以上、見込みはあります。治療に同意していただけますか」

「もちろんです。どうか息子を助けてください」

マディスンがこの病院に来たとき、セオも同じことを言っていた。〝どうか娘を助けてくれ〟

「ベストを尽くします」

シャーリーは胸の前で両手を固く握り合わせた。

「あの子はずっとあのままなんでしょうか？」

あのままとは昏睡状態《こんすいじょうたい》のことを指すのだろう。

「いいえ」これは断言できた。不測の事態が起きない限り、カイルは回復するか亡くなるかのどちらかだ。もっとも、実際にそういう事態にならない限り、シャーリーにそれを告げようとは思わなかった。

「間もなく看護師が来て、点滴を開始します。私も後で様子を見に来ますから」マディスンはメモ用紙に携帯電話の番号を書いて、シャーリーに渡した。

「治療について何か疑問があれば、看護師にでも私にでも遠慮なく尋ねてください」

シャーリーはマディスンの手首をつかんで引き留めた。「先生にはどれほど感謝しても感謝しきれません。原因がわかるまで時間がかかる場合もあると言われたのに、先生はあっという間に見つけてくださいました」

「われわれにとって、どれほど早くても早すぎることはありません」

それなのにアイビーの場合は、これだけ時間をかけているのにまだ病名が特定できていない。とはいえ、さらに二つほど思いついたことがあるので、買い物に出かける前に検査を頼んでみるつもりだった。

昨日の朝はセオと出くわさずにすむよう、朝早く起きて、さっさと彼のオフィスを後にした。ただし部屋を出る前に、クローゼットにあったハンディクリーナーでガラスを掃除し、シーツを元の場所に戻してから。それから枕も。

枕にはセオの香りが――ムスクのアフターシェーブローションと、セオとしか言いようのない独特の匂いがうっすら残っていた。セオの匂いは一晩じゅうマディスンにまつわりついて離れなかった。最後にもう一度だけ抱きしめてから、マディスンは枕をクローゼットに片づけ、勢いよく扉を閉じた。

オフィスを出る前に、携帯電話を使って割れたフレームの写真を撮った。できれば今日の買い物で、似たようなフレームを見つけたいと思っていた。

何とかセオと顔を合わさないように過ごしてきたが、いつまでも彼を避けているわけにもいかない。今日の三時に彼と出かける約束がある。どうか、てっとり早くドレスが買えて、結婚式を上手《うま》くやり過ごすことができますように。

とにかく目の前のことを一つずつ片づけていくし

かない。

セオは自分のオフィスで、マディが仕事を終えるのを待っていた。セオは写真を手に取り、この一日半の間、何度もしたように裏返した。

〝この写真を見たら私たちの待つ家に帰ってきて〟

けれどセオが帰らない日もあった。アイビーが生まれるまで、ホープは何度も一人きりの夜を過ごしたはずだ。

こんなところに書きこみがあったなんて知らなかった。ホープが生きていれば、プレゼントの包装を解いたときに写真の裏を見るよう教えてくれただろう。けれどホープはクリスマスの前に亡くなった。そして、フレームを開けて写真を出そうなどと思わないまま五年が過ぎた。

心を開こうと思わなかったように？　ホープが亡くなった日から、あえて誰とも親しくなろうとしなかったように？

セオは再び写真をひっくり返し、写真の上にファイルを何冊か重ねて置いた。

ドアをノックする音にセオははっとわれに返った。ドアを開けると、ふくらはぎまである黒いコートを羽織り、同じく黒の小さなバッグを肩にかけたマディが立っていた。首に赤いスカーフを巻き、黒いニット帽をかぶっている。

まさに冬のケンブリッジを歩く格好だ。微笑《ほほえ》ましく思いながら、セオはマディを招き入れた。けれど彼女の視線が写真を捜すようにちらりとデスクに向けられたとき、セオは罪悪感にさいなまれた。

「私はいつでも出かけられるわ」

「僕もだよ」

「アイビーの具合はどう？」

「問題ない。ジュディがつき添ってくれるそうだ。万一、僕たちの帰りが遅くなったときのために」

自分の言葉にセオは身をこわばらせた。二人はデートに出かける恋人同士なんかではないのに。とはいえ、下手に訂正するとかえって誤解を招きそうなので、セオは何も言わないことに決めた。

ほどなく二人はにぎやかな商店街の人混みを、走り抜ける何台もの自転車を避《よ》けながら歩いていた。

「車がほとんどいないのは変な感じだわ」

「ケンブリッジは大学の町だ。これだけの歩行者と自転車を避けながら、車を運転できるかい？」また一台自転車が来たので、セオはマディの手をつかんで勢いよく引き寄せた。マディは笑いながら、バッグのストラップを肩にかけ直した。

通りの両側に並ぶ小さな店は、クリスマスの買い物客でいっぱいだった。点灯はされていないが、通りのこちらからあちらへ何本ものイルミネーションのコードが吊《つ》るされ、いたるところにクリスマスツリーが飾られている。夜に明かりがつけば、通りはとても美しくなる。そう思ったとき、セオはみぞおちを殴られたような衝撃を覚えた。僕がのんきにイルミネーションに思いを馳《は》せている今、アイビーは病院のベッドで寝たきりなのだ。

「素敵だわ」マディが視線を上げ、三角屋根の連なる商店街の空を見上げた。

「この町がかい？　それともイルミネーションがかい？」セオはごく自然にマディの手を自分の肘につかまらせた。はぐれないためだとセオは自分に言い訳をした。

マディが帽子をぎゅっとかぶり直し、空いたほうの手をコートのポケットに突っこんだ。「両方よ。たとえクリスマスそのものは嫌いでも、私だってクリスマスの美しさを味わうことはできるわ」

「なるほど。さて、まず何から買う？」

「私はドレスと靴が必要よ。バッグはたぶんこれが使えると思う。あなたは？」

「ネクタイだ。それにスーツを家から持ってくるのを忘れたから、それも買わなくてはいけない」

マディは足を止め、通りを見渡した。「どの店に行けばいいのかしら」

「歩くのが嫌でなければ、しばらくウィンドウショッピングをして、これはと思う店が見つかったら入ろう」

しげしげとあたりを見回すマディの様子に、セオの口もとが緩んだ。黒い梁《はり》と白い漆喰《しっくい》のコントラストが美しいハーフティンバー様式の建物。何世紀もの長きにわたり使われてきた頑丈な石畳の道。

セオが当たり前だと思っていた昔ながらの町の風景は、別の世界から来た者の目には新鮮かもしれない。そう考えると胸に誇らしさがこみ上げてきた。

セオはケンブリッジが大好きだった。だからこそ、病院を建てる場所としてこの地を選んだ。ケンブリッジは大学の町でもある。ここには他の土地にはない、若い生命力とエネルギーがあふれている。

「ちょっとこの店に入ってもいい？」

示された店を見てセオは顔をしかめた。「雑貨屋じゃないか。ここで服が買えるとは思えないな」

「いいのよ。すぐにすむから」

セオの答えを待たずにマディは店の中に姿を消した。工芸品や手作りのインテリア雑貨を扱う店だった。マディが何を買いたいのか、セオは見当もつかなかった。ひょっとしたら友人へのプレゼントかもしれない。十分もしないうちに、マディは小さな包みを手に戻ってきた。

「欲しいものは見つかったかい？」

「ええ。待っててくれてありがとう」何を買ったのか、誰のための贈り物なのか、マディは何も教えてくれなかった。

さらにもう少し歩いたとき、男性用と女性用、両方のセミフォーマルウエアを扱う店が見つかった。

「この店が良さそうだな」

二人は中に入り、コートを脱いでドアの内側のフックにかけた。「女性用のドレスばかりで、男性用の服が見当たらないわ」

「メンズウエアは二階らしい。ところで君は服を選ぶのにどのくらい時間が必要だ？」

「それほど長くはかからないわよ」

疑わしげなセオの顔を見て、マディは微笑んだ。

「三十分以内に終わると断言してもいいわ。こうしたらどうかしら？　買い物に時間がかかったほうが、罰として……」マディは唇をすぼめて考えこんだかと思うと、下唇を軽く噛《か》んだ。いやでもセオの視線がその唇に吸い寄せられた。

待たせた罰としてマディにさせたいことなら、いくらでも思いついた。ただし、喜んで提案に応えてもらえるとは思えなかったけれど。

「罰として、新郎新婦への贈り物を選ぶのはどう？」やがてマディが口を開いた。

「新郎新婦への贈り物？」セオは何となくがっかりした。あり得ないと思いながらも、マディと二人で何かをする展開にならないかと、心のどこかで期待していたからだ。

「イギリスでは結婚祝いを贈らないの？」マディは首をかしげてセオを見た。気のせいかもしれないが、笑っているような口調に聞こえた。まさか僕の心が読まれていたのだろうか。

読まれたはずはない。「さっきの店で結婚祝いを買ったんじゃないのか？」

とたんに楽しそうな口調が消えた。「いいえ」

「わかった。じゃあ、どちらが早いか競争だな」

「受けて立つわ」

セオは階段に向かった。本気で競争するつもりはなかったし、そもそもセオは買い物上手ではなかった。必要なものさえ買えれば、それで満足だ。とはいえ、新郎新婦へのお祝いを選ぶ羽目になるのも嬉《うれ》しくなかった。あの二人の好みも、何を欲しがっているかも見当がつかない。そんなことを考えながら、セオはスーツの吊られたラックを見て回り、気に入った黒いスーツを見つけた。

そのとき、彼女のドレスに合わせた色のネクタイを買うと言ったことを思い出した。今になって思えば、馬鹿げた申し出だった。彼女は別にプロムの相手というわけではないのだから。でも、マルコがわざわざ結婚式のテーマカラーを告げてきたのは、記念写真を撮るときに全体の統一感が欲しいというような理由があるのだろう。いずれにせよ、スーツは黒で問題ないはずだ。セオは礼装用の靴と白いシャツも買い物に加え、支払いをすませて商品を紙袋に入れてもらった。

一階に下りると、マディはドレスのラックを見ているところだった。

「スーツは買えたの？」

「ああ。君のほうは良いものが見つかったかい？」

マディは驚いたように眉を上げた。「十五分ですんだわ」

「冗談だろう？」

「本当よ」マディは彼とお揃《そろ》いの紙袋を取り出し、愕然《がくぜん》とするセオの顔を見て笑った。「私は競争心が旺盛なの」

「それはそうと君のドレスに合わせたネクタイが必要なんだ。ドレスの色を教えてくれないか」

「緑よ。いっしょに二階に行って、選ぶのを手伝ってあげる」

十分後マディは、光の角度によって細かい模様が浮き上がる深緑色のネクタイを選んだ。「ブーケの蔦《つた》の色には、これがぴったりだと思うわ」

「薔薇《ばら》の赤と合わせると、クリスマスカラーだな」

「私もそう思ったわ」マディは微笑んだ。「それで、結婚祝いは何にするつもり?」

「現金とか?」

「何ですって?」あまりに憤慨した声だったので、今度はセオが声をあげて笑った。

「冗談だよ。でも正直なところ何も思いつかない」

「二人は式を挙げた後でイタリアへ行くんでしょう。何か旅行に関するものはどうかしら」

「たとえば?」

「まだ何も思いつかないわ。もう少し町を歩いてみたら、ぴんと来るものが見つかるかも」

「ドレスに着替えるのに、どのくらい時間がかかるかな? それによってお祝いを買うのに使える時間も変わってくる」

「服を選ぶのにかかった時間から考えると、着替えに必要な時間もあなたと同じくらいだと思うわ」

「君は何でも競争にしてしまうのか?」マディが着替えている姿が思い浮かび、セオは思わず身じろぎした。こんなことを考えてはだめだ。

「私は負けず嫌いなの」

二人は急いでコートを着た。

「いいものを思いついたわ」そう言うなりマディは店を飛び出していった。通りは買い物客が増えて混雑しており、セオは苦労してマディに追いつくと、彼女の手をつかんだ。彼女はセオの手を握り返してこう言った。「人の波に流されるかと思った。でも、あなたの言うとおりだった。ときには病院から離れるのも楽しいものね」

二人は身を寄せ合って、通りから通りへと歩を進めた。

「思っていたようなものが見つからないわ」

マディが三度めに紙袋を持ち直したとき、セオは彼女の買い物を預かることにした。「具体的にどんなものを考えているんだい?」

「よく目立つ荷物用のタグよ。私がイギリスに来たとき、あれば良かったと思ったの。空港のベルトコンベヤーでトランクを探すのが大変だったから」

「いい案だ。気に入ったよ」

「二人も気に入ってくれるといいけれど。でもどこで探したらいいか……」

セオはマディの手を引いて、来た方向へ戻り始めた。「それなら、最初に君が入った店にいろいろユニークな品物がありそうだ。それにあの店ならホテルへ向かう途中にある」

雑貨屋に戻った二人は、すぐに荷物タグのセットを見つけた。なめし革製で、どれも靴の形をしている。ハイヒールにスニーカー、それに男性用サンダル。「色は地味だけれど、形が洒落《しゃれ》てるわ」

「大当たりを見つけたな」セオは、自分自身も大当たりを引いたと思っていた。即断即決のマディの決断力は、まさにアイビーの病気を診断するのに必要なものだ。わずかだがセオの気持ちが和らいだ。そして希望が――これまで長い間、心の奥に押しこめていた希望が顔をのぞかせた。

二人は商品をプレゼント用にラッピングしてもらい、ギフトカードにサインをした。そのときになって初めてセオは、贈り物は別々に買うべきだったのではと気がついた。けれどもう一つ何か買うには残り時間が少ないし、マディも連名で少しもおかしいと思っていないようだった。

再び手をつないで、二人は会場に向かった。正面にポルチコつき柱廊玄関のあるホテルは、白亜の殿堂もかくやと思わせる立派な建物だった。

「ここなの？」

「そうだ」セオはビジネスミーティングで二度ほど食事をしたことがあったので、中も外に劣らず豪華だと知っていた。「たとえこぢんまりした式でも、マルコたちは最高の会場で挙げたかったんだろう」

「気持ちはよくわかるわ。生涯の愛を誓う相手との結婚式なんて、そうあることじゃないもの」羨ましそうな口ぶりに、セオはふと思案した。

僕はすでに一度、生涯の愛を誓う相手と結婚した。けれど、愛のチャンスは一回きりなのだろうか。新しい相手とやり直せる可能性はないのだろうか。

今はこんなことを考えたくなかった。マディと楽しい午後を過ごした後だけになおさらだ。手をつないだ感触が嬉しかったこと。柔らかな笑い声が、氷の通廊を吹き抜ける春風のように、セオの心をくすぐったこと。

二人は一時間の余裕を持って到着していた。フロントで確かめると、マルコからの指示が伝えられた。式が始まるまで、マディはアリスの部屋で花嫁の支度を手伝い、セオは四階のマルコの部屋でいっしょに待機すればいいらしい。マルコのことだから、早く式が始まらないかと焦《じ》れるに違いない。アリスとマルコはぴったりのカップルだ。セオは二人が幸せをつかんだことを嬉しく思った。

「君は先に行ってくれ」セオはしぶしぶマディの手を放し、ドレスの入った紙袋を渡した。「僕は病院に電話して、アイビーの様子を確かめるよ」

「わかった。もし何か問題があったら教えて」

そうする、とセオは答えた。けれど本心では、すでに大きな問題が起きているのがわかっていた。ただし、アイビーにではない。セオにだ。困ったことに、セオはますますマディに心をつかまれつつあった。

マディスンはまず、アリスがクリーム色のシースドレスに着替えるのを手伝った。同色の小さな花の刺繍《ししゅう》が身ごろと裾のラインに施された、ゴージャスなワンピースだった。それから自分も着替えたが、試着したときよりも体のラインが目立つ気がして、着こなす自信がなくなってきた。

最後に二人はメイクの仕上げをした。

アリスは頬に手を当て、大きく息を吸った。「何だか現実のこととは思えないわ」

マディスンは相手の肩に手を回して微笑んだ。不安を覚えているのは自分だけではないらしい。もちろんアリスのほうがもっと緊張していても当然なのだけれど。「とっても素敵よ。幸せでしょう?」

「ええ。イタリアでマルコの一族も招いて、大々的な披露宴を開くつもりだから、こっちではささやかな民事婚だけにしたの。もっとも私は、お腹《なか》が目立たないうちに結婚できるなら、どこで式を挙げてもかまわなかった」アリスはそう言って、ふくらみ始めたお腹を撫《な》でた。

「今ならほとんどわからないわ」マディスンはマスカラの容器をカウンターに下ろした。「とってもきれいよ、アリス」

「マルコがいつも褒めてくれるおかげね」アリスはドレスを撫でつけた。「さあ、準備はできたわ」

マディスンはブーケをアリスに手渡した。「それじゃあ、花婿に会いに行きましょうか」

「ええ。そして花婿の素敵な友人にもね」

「あら、マルコ以外の男性に見とれても大丈夫なの?」マディスンは声をあげて笑った。

「まさか、あなたはセオに目を引かれないの?」

「ええっと、私は……」

「冗談だってば」

不意にマディスンはセオと会うことにためらいを覚えた。グリーンのワンピースは、ウエストから下こそたっぷりしたギャザースカートだが、伸縮性のある生地で作られた身ごろは手袋のようにぴったり上半身に張りついている。私のような体型にうってつけと店員には言われたが、あれはどんな客にも聞かせるセールストークだったのかもしれない。せめて上から羽織るショールも買っておけば良かった。

とりあえず、肩の出るデザインではあるけれど長袖だから、ホテルの中にいる限りは大丈夫だろう。

二人がロビーに足を踏み入れたとたん、何人かの男性がこちらをふり返った。マディスンは両腕を体に巻きつけ、人目を気にしてしまう自分が嫌になった。いつもなら人にどんな目を向けられようが、そしてどれほど気後れしていようが、昂然《こうぜん》と顔を上げていられるのに。

「あそこにいるわ」そう言うなりアリスが駆けていったので、マディスンは慌てて後を追った。その先にブラックスーツのマルコとセオが待っている。セオの目はマディスンに釘《くぎ》づけだった。やはりこのワンピースを選んだのは失敗だったかもしれない。マルコがアリスを抱き上げて、くるくるふり回した。セオの首がじわじわと赤くなり、こめかみの血管が脈打つのが見えた。

マディスンが三人のところに着くと、セオが身をかがめてささやいた。「なかなかのドレスだな」

まさかセオは、医師としてあるまじき格好だと言いたいのだろうか？　プライベートである以上、何を着てもかまわないだろうに。「何かまずいことでもある？」

「ある。ただ、君のドレスにも君自身にもまずいところはない」

何を言いたいのかわからないが、怒っているようには聞こえなかった。むしろ、その口ぶりは驚いているように聞こえた。

「そのスーツもよく似合っているわ」

黒いジャケットが筋骨たくましい肩をぴったりと包み、そこに真っ白なシャツとネクタイ、堂々とした態度が加わると、洒落たレストランで取り引きの交渉に臨む重役のようだ。

「マディスンはとても素敵だと思わない？」

はっとして目をしばたたくと、互いの腰に腕を回したアリスとマルコがそばに来ていた。アリスは期待するようにセオの答えを待ち受けている。

「ああ。とても……感じがいいな」

やれやれ。これではまるで、妹かただの知人を褒めているようだ。

とはいえ、そもそも私とセオの関係はただの知人ではないの？

そう思うと気持ちが沈んだ。

「私たちからの結婚祝いは持ってきた？」気まずい雰囲気を和ませようと、マディスンはセオに言った。

セオはジャケットの内ポケットから小さな包みを出してマルコに渡した。「僕たちの気持ちだ。良ければ使ってくれ」

〝僕たち〟の一言でマディスンの気持ちが上向いた。

「急な頼みだったのに、来てくれて本当にありがとう」マルコが微笑んだ。

巨大なクリスマスツリーが誇らしげに立ち、そこここに花や柊《ひいらぎ》が飾られたロビーは、写真を撮る観光客がいるのを差し引いても、幻想的な雰囲気に満ちていた。

「いよいよ結婚するのはどんな気持ち？」マディスンは尋ねた。

「夢が叶《かな》った気分よ」アリスが笑顔で新郎を見上げた。「早く式を挙げたいわ。でもその前に、もらったプレゼントを開けてみて」

マルコはリボンを解き、包み紙をはがした。そして小箱を開けるなりにやりと笑い、ハイヒール型のタグを掲げた。「僕のブリーフケースにぴったりだ」

「あら、これは私のよ」アリスがひったくった。「あなたはこっちがいいんじゃない？」そう言って、スニーカーの形のタグを差し出す。

「たしかに。でもハイヒールのタグは、パーティで話のきっかけにうってつけだと思うがな。二人ともありがとう。イタリアに行くときに、さっそく使わせてもらうよ」マルコが箱を閉じると、残りのタグも見ようとアリスが抗議した。

「怖じ気《おけ》づいたのかい？」マルコはからかった。

「まさか。これだけ待ったのよ」

一行は結婚式専用の部屋に向かった。ここも花と緑で上品に飾られていたが、誰もがクリスマスを祝うわけではないので、あまりクリスマスらしい印象はなかった。役所の登記官はすでに来ており、小さなデスクで何か書きこんでいた。

「ミス・バクスターとミスター・リッチ？」

「はい」

登記官は立ち上がった。「始めてもいいですか」

書類の確認がすんだ後、登記官はセオとマディスンに目を向けた。「あなた方が証人ですか？」セオがうなずくと、相手は言った。「式が終わったら、すぐにサインをしていただけるとありがたいです」

驚いたことに、手続きは無味乾燥どころか、とても心温まるものだった。登記官は温かくて力強い声で、式次第をなめらかに進めていった。マディスンはアリスの横に立ち、指輪を交換する間、ブーケを預かった。

ふと目を上げると、セオがこちらを見つめていた。何となく顔をしかめているように見えたので、マディスンが問いかけるように眉を上げると、セオは小さく微笑んで、わずかに首を横にふった。

どういう意味だかマディスンにはまったくわからなかった。

ついにアリスとマルコは正式な夫婦となり、すべての書類にサインがすんだ。「次はブーケトスよ」

マディスンはぎょっとしてあたりを見回した。当然ながら他の参列者はいない。「その必要はないと思うけれど」

「いいえ。ブーケを投げないと不運に見舞われるの。私はこれまで悪運続きだったから、新しい人生は幸運に恵まれたいわ」

マルコがアリスの頬にキスをした。「まったくそのとおりだな」

「お願い、つき合ってちょうだい」アリスがマディスンに言った。「楽しいじゃないの」

楽しいですって？

考える間もなく、何かが空を切って飛んできたので、マディスンは反射的に受け取った。

アリスが笑った。「ほら、大丈夫だったでしょ」

大丈夫？　何が？

セオのほうを見ることができなかった。これはただのゲームよ。どぎまぎしたり、真に受けたりする必要はないわ。マディスンは自分に言い聞かせた。

マディスンはブーケをアリスの手に押しつけた。「これは返すわ。後でプリザーブドフラワーにしたくなるかもしれないでしょうから」

二人は抱き合った。「信じられないくらい幸せよ。今日をいっそう特別な日にしてくれてありがとう」

マルコがアリスに目をやりながら言った。「僕たちはそろそろ失礼してもいいかい？　明後日の出発までにすることがたくさんあるんだ」

それはそうだろう。マディスンは笑みをこらえきれず、アリスの手をもう一度ぎゅっと握った。「もちろんよ。素敵な旅を祈っているわ。帰ってきたらまた会いましょう」

マルコはセオと握手した。「ありがとう《グラッツェ》」

「どういたしまして。結婚生活を楽しんでくれ」

羨ましそうな響きに、マディスンは胸が痛くなった。セオはホープと分かち合った生活を思い出しているのだろう。

「宝物《テソーロ》と過ごす一分一秒を、僕は大事にするつもりさ」マルコは微笑み、セオに身を寄せて何ごとかささやくと、手に何かを押しつけた。受け取ったセオは顔をしかめた。

あれはいったい何なのだろう？

けれどそれを尋ねる暇もなく、新婚夫婦はキスを交わしながら歩み去っていった。

マディスンはため息を漏らした。「素敵な式だった。あの二人はお似合いの夫婦ね」

「そうだな」セオがマディスンの隣に来た。「少し外を散歩しないか？ さっきは買い物に追われて、町の美しさを充分に楽しめなかっただろう？ 日が暮れてイルミネーションもついたはずだ。それとも、まず着替えたいかい？」

「大変、私の荷物がアリスの部屋に置きっぱなしだわ」新婚夫婦の部屋に押しかけて荷物を回収するような真似《まね》はしたくなかった。

「大丈夫だ。君の荷物は、僕とマルコが着替えた部屋に運んである。僕たちであの部屋を使ってくれということだ」

マディスンはぎょっとして目を見開いた。セオは自分の言い方が誤解を招いたことに気づいたらしく、ぶっきらぼうにつけ加えた。「着替えるためにだよ。もちろん」

あっさり心のうちを見透かされ、恥ずかしさでマディスンの下腹部がうずいた。「もちろん、そうでしょうね」

「もう少し町を散策してもかまわないかい？」

マディスンはためらった。賢明な行動だとは少しも思えなかったが、今夜をまだ終わりにはしたくなかった。ケンブリッジに来てから最高の夜だったからだ。だから、病院の慌ただしい仕事から解放されてつかの間の休息を得られることに心から感謝しつつ、こう答えた。「ええ、ぜひ行きたいわ」

7

なぜマディを散歩に誘ったのか、自分でもよくわからなかった。でも後悔はしていなかった。マディがロビーに姿を現したときから、彼女から目が離せなかったからだ。

簡素な結婚式の間、誓いを述べる花嫁をうっとりと眺めるマディの表情はとても魅力的だった。二度ほど、彼女に見とれているところを見つかってしまった。マディが意味深長に眉を上げてみせたので、気持ちが高ぶり始めた。彼女は気づいている。そうに違いない。

どれほど正面を向いていようと思っても、セオの視線はじわじわとマディに引き寄せられ、結局また彼女を見つめているのだった。

式が終わった今もセオの気持ちは高ぶったままで、マディに良いところを見せたいという男のプライドを抑えきれなかった。

セオはマディの足もとに目をやった。「その靴で石畳の道を歩いても大丈夫かい？」

「ええ。別に競歩するわけじゃないんでしょう？」

「そぞろ歩くだけだよ。それに、あまり遠くまで行くつもりはない。クリスマスイルミネーションに照らされた通りを歩くのも一興だろう？　せっかく手間をかけて盛装したのに、さっさと普段着に戻って家に帰るのはもったいない」

「シンデレラみたいに？」マディがつぶやいた。

「まさか君は真夜中になったとたん、僕を置き去りにして帰ったりしないだろうね？」

「いいえ。私にはカボチャの馬車もないし、急いで帰る必要もないわ」

「それでもコートは必要だな。僕が取ってこよう」

セオがコートを手に戻ってくると、マディはホテルの窓から外を眺めていた。セオは彼女に黒いコートを羽織らせ、手袋と帽子を手渡した。

「ありがとう」

セオのほうはスーツのジャケットを分厚いウールのコートに替え、さっきのようにマディと手をつないだ。はぐれない用心だと自分に言い訳しながら。

二人はしばらく通りを無言で歩き、夜の景色を堪能した。

「思っていたより冷えるわね」

「ホテルに戻りたい？」

「もう少し歩きましょう。素敵な夜だもの」

セオはつないでいた手を放すと、彼女のコートのいちばん上のボタンを留め、スカーフをしっかり巻き直してやった。「これで少しはましかな」

「ええ」

セオはマディの背に腕を回して抱き寄せた。このくらいは友人同士なら誰だってやることだ。

いつまで自分をごまかすつもりだ？　セオは自分を戒めた。マディはおまえの友人じゃないだろうに。

それが問題だった。自分にとって彼女が何なのか――どのカテゴリーに分類するべき人間なのか、セオにはわからなかったからだ。

マディはセオに身をすり寄せ、コートの襟もとをつかんでいた手を彼の腰に回してきた。ぴったり押しつけられた体の感触が嬉《うれ》しくて、二人で寄り添うのが正しいことに思えた。

もっとも、なぜ自分がそう感じるのか、その理由はまったく見当がつかなかった。

きっと、このところ病院内でカップルが次々と誕生しているせいに違いない。ライアンとイービー、フィンとネイオミ、さっき結婚したばかりのマルコとアリス。彼らはみな、愛する相手を見つけている。

僕は寂しいのだろうか？

もう五年近く誰かといっしょにいたいと感じたことも なかったのに。今になってなぜ？

考えても答えは見つからなかった。

「ケンブリッジの学生はみんなクリスマス休暇で帰省しているのかしら？　思っていたより町がにぎやかな気がするけれど」

「ここはいつだってにぎやかだよ。帰省する学生も多いが、一年じゅうここにとどまる者もいる。例のクリスマス礼拝が行われるキングズカレッジは、ここから遠くないんだ」

渡したチケットについて、あれからマディが何か言ってくることはなかった。あのときはクリスマスには複雑な思いがあるので、あまり行きたくなさそうな雰囲気だった。けれど今のマディはイルミネーションを楽しんでいるように見える。「もしイルミネーションを見るのがつらければ、別の場所に行ってもいいよ」

「いいえ。とてもきれいだわ。クリスマスを祝う飾りつけと、もう少し個人的なクリスマス行事は、切り離して考えられる。私が好きじゃないのは後のほうだから」

自分が訊《き》く筋合いのことではないと思いつつ、セオはこう質問していた。「それはお母さんのことがあったから？」

「ええ。今はだいぶ楽になったけれど、子どものころはクリスマスプレゼントが大嫌いだった。だって私が欲しかったのは一つだけ――母との再会だけだったんだもの」マディは肩をすくめた。「でも願いは叶《かな》わなかった。大人になった今なら理由がわかる。母は亡くなっていたんだから」

「そうだな。ホープが亡くなった後、僕はアイビーのためにクリスマスを特別な行事にしようと努力してきた。でも、僕自身の気持ちはといえば……」

　腰に回されたマディの腕に力が込められた。「ええ、すごくよくわかるわ」商店街の外れまで来たところで、マディはため息をついた。「あの空を見てごらんなさい。あそこで光る星がいちばんのイルミネーションよ。飾りつけたり片づけたりしなくても、一年じゅう輝いている」

　目を上げると、わずかに見える空はいつになく澄み、一片の雲もなかった。そこにきらめく星は、たしかにイルミネーションのようにも見えた。「もう少し歩いてキャッスルヒルまで行けば、星空がもっとよく見えるよ」

「私はここで充分よ」

　胸がほのぼのと温かくなり、セオは何だか幸せを感じた。

　どうやら病院の外に出る必要があったのは、マディだけではなかったらしい。セオもアイビーの病気で気の休まる暇がなく、神経が参っていた。今夜は、不安で混沌《こんとん》とした時期の記憶の中で、ひときわ明るく輝く思い出となるだろう。気分がすっきりと晴れた今、今度こそアイビーの病気の原因が解明できることを祈るばかりだ。

　クリスマスは奇跡の季節だ。僕に奇跡が訪れてもおかしくない。

「寒くないかい、マディ」

「ええ」間があった。「私をマディと呼ぶ人はもういないわ。私をそう呼んだのは母だけよ」

　セオは目をぱちくりさせた。彼女をマディと呼び始めてからもう一週間になる。彼女が嫌がるかどうかなど考えたこともなかった。「すまない。この呼び方はしないほうがいいかい？」

「いいえ。それどころかそう呼んでほしいわ」マディは声をあげて笑った。「他のスタッフも私をマディと呼び始めたら嫌だけれど」

　つまり彼女をマディと呼んでもいいのは僕一人と

いうわけか？　胸がどきどきして、セオは足を止めた。そしてマディを自分のほうに向かせると、彼女の顔を覗《のぞ》きこんだ。寒さで鼻の頭が赤くなっていたものの、マディはゴージャスだった。ゴージャス以上だ。なぜなら彼女の美しさは上っ面だけのものではなかったからだ。「今日の君はとても美しい」

マディが顔を上げた拍子に、長い髪の先がセオの手の甲をかすめた。こらえきれずにセオはその髪束にふれ、シルクのような手ざわりを楽しんだ。

「あなたもとても素敵よ。それから、今日は本当にありがとう。あなたがいなければ、ドレスを買うのもホテルにたどり着くのも一苦労だったと思うわ。あなたといっしょで楽しかった」

「本当に？」セオは微笑《ほほえ》んだ。そして今度は髪束を握ってそっと引っ張った。

「ええ。おかげですっかりリラックスできたわ。足先は冷たくて文句を言っているけれど」

「そろそろ帰ろうか？」

「どうしても帰らなくてはいけないかしら？」

マディがそっと身を寄せ、セオの腰に腕を回してきた。おかげでセオの思考がまずい方向へ――悦《よろこ》びの予感と危険なカーブの多い道へとそれ始めた。

「帰らなくてはいけないだろうな」何かがセオに、自分の望みを口にしろと促していた。人は永遠には生きられない。ホープの死がそれを教えてくれた。ときには喜びを見つけた場所で、そして喜びを見つけられるうちに楽しまなければいけない。何もマルコとアリスのように、生涯連れ添う相手を探しているわけではないのだから。

「ええ、そうね」マディスンがひどく落胆した口調だったので、セオは微笑んだ。

「だからといって、今夜はここでおしまいというわけじゃない」セオはそっとマディスンに頬を寄せた。

「私のアパートメントに行く？」

「ホテルの部屋があるじゃないか。マルコが使えと言ってくれた部屋は、明朝まで僕たちのものだ」

マディスンは目を見開いた。「いずれにせよ、服を取りに行かなくてはいけないものね」

それからどうする？

外へ食事をしに行く？　ルームサービスを取る？

「そのあと、君はどうしたい？」はっきり言葉にして聞かせてほしかった。マディスンの意図を誤解していたら、がっかりする羽目になる。

「まだ今夜を終わりにしたくないわ」マディスンはセオの胸に頭をあずけた。

「君の気持ちは僕と同じと思っていいのかい？」

「ええ、マルコの厚意をありがたく受け取りたい」

なぜだかわからないが、突然セオはこうするのが正しいという感覚に襲われた。「気持ちはたしかかい？」

「断言はできないわ。でもこういう仕事をしていると、直感に従わなければいけないときがあるの。今、私の直感は、心を解き放って何か危険なことをしろと言っているわ」

「僕といっしょに過ごすのが危険なことだって？」

「ええ、あなたは危険そのものよ」

「危険なのは君も同じだよ。僕もマルコの部屋に一票を投じよう」セオはポケットからカードキーを取り出した。「さっきこれを預かったんだ」

二人は避妊具を買うために遅くまで開いている薬局に寄ってホテルへ向かったが、実際に夜道を歩いた記憶はおぼろだった。手をふれ合ったり、背中に腕を回したり、まばゆく照らされたクリスマスツリーのかたわらでキスしたりするのに忙しかったからだ。こんなに美しくて聡明《そうめい》な女性が自分と一夜を過ごしてくれることが、セオには信じられなかった。

ホープが亡くなって以来、僕はすっかり皮肉屋になってしまったのに。

ようやくホテルに帰り着いた二人は、すぐに四階に向かった。エレベーターには他の乗客もいたが、セオはがまんできずにマディスンの肩に腕を回した。彼女にふれたかった。いや、ふれずにはいられなかった。

四階でエレベーターを降りてから、セオは手もとのカードキーに目をやった。四二三号室。セオはマディスンの手を取って廊下を進んだ。カードキーをかざすと、かちりという音とともに緑のライトがともって鍵が開いた。セオはどっしりしたドアを押し開け、このクラスのホテルなら当然の贅沢《ぜいたく》な部屋に再び足を踏み入れた。

「すごくゴージャスね。さっき使ったアリスの部屋とは少し違うわ」

一歩遅れて部屋に入ったマディが感嘆の声をあげた。大きなベッドにかかったダマスク織の上掛けは、最高級のダウンがたっぷり入っていると見えてふかふかだ。壁と天井は、周囲のハーフティンバー造りの建物になぞらえて、白い漆喰《しっくい》に黒い材木を交差させたデザインになっている。

「君のほうがもっとゴージャスだよ」マディがこちらをふり返るのを待って、セオは尋ねた。「後悔していないかい？」

謎めいた光がグリーンの瞳をよぎった。マディはこちらに近づいてくると両手でセオの顔を包み、彼の下唇に親指を走らせた。セオの目の裏で、夜空の星よりもまばゆい星がはじけた。「いいえ、全然」

もうセオはがまんできなかった。顔を下げて唇を奪うと、マディの背に腕を回して抱き寄せる。心おきなくマディを味わえることが、そして誰かに見られる心配がないことが、まだ信じられなかった。

〝心を解き放って危険なことをする〟とマディは言った。

セオが心を解き放って〝今、ここ〟だけの世界にひたったことなど久しくなかった。今こそ心を開いて、危険に身を投じよう。マディとともに。

しかも後くされが残る心配はない。イギリスでの任期が終われば、マディはアメリカへ帰るのだから。今夜は好きなだけ彼女にキスし、肌を重ね、彼女の体に溺れることができる。

マディをベッドに誘導する必要はなかった。それどころか彼女のほうからベッドに誘ってきた。ゆっくり後ろ向きに歩くマディが軽いキスしか許してくれないので、セオがキスを深めたければ、後をついてベッドに向かうしかなかった。

やがて二人の位置が逆になり、セオはマディに軽く押された。膝の裏がベッドにぶつかって足がよろけ、セオはそのままベッドの端に腰を下ろした。座ったセオの目の前には、まだ立っているマディのドレスの裾があった。その裾を少しずつまくり上げながら、セオは柔らかな腿の裏にてのひらを走らせた。

次に服の上からマディの腹部に唇を押しつけた。ドレスを脱がせたら、ここにも、そしてゴージャスな体のいたるところにキスをするつもりだった。「ここにおいで」

マディが当惑して目をぱちくりさせた。セオは彼女を軽く引き寄せて、意図を伝えた。

セオの脚をまたぐ形でマディがベッドに上がり、彼の腿の両側に膝をついた。セオの下半身が、ずっと前から感じたいと切望していた柔らかな重みを受け止めた。

「ああ、マディ」セオは彼女の腰に腕を回し、強く抱き寄せた。かすかな吐息がセオの頬をくすぐる。

これこそセオの望みだった。こんなふうに彼女に乗ってもらい、高みへ誘《いざな》ってもらいたかった。

セオの考えを読んだかのように、マディが体をこすりつけてきた。服は着たままなのに、セオは実際に体を交えたような悦びを覚えた。そうだ、僕が欲しかったのはこれだ。二週間前に出会ったときから、僕たちはこの瞬間を目指していたのだ。

マディは固く目を閉じ、唇をすぼめて、セオの上で何度も体を滑らせた。彼の手がマディの背をたどり、やがてオフショルダーの襟ぐりの中に忍びこんだ。伸縮性のある身ごろが少しずつ押し下げられ、極薄のレースに包まれた胸があらわになる。レースごしに透ける肌の色に、いやがうえにもセオは興奮をかき立てられた。

セオはブラジャーの中心に突き出たつぼみを口に含んだ。そしてそれを吸っては、胸のふくらみに舌を走らせた。

マディがしがみついてきたかと思うと、小さなあえぎ声とともにセオのズボンに下半身をこすりつけた。十代のころから、セオは服を着ている間は自制心を失ったことがなかった。それなのに今はたちまち昇りつめてしまいそうな危うさを覚えた。

クライマックスはいっしょに迎えたかった。だからセオはもうこれ以上は無理だと思うまで、マディの腰をしっかりつかんだまま、胸にキスしたり舌を走らせたりし続けた。

「ブラジャーを外してくれ」セオはささやいた。

セオの肩にのっていた手が離れ、ブラジャーのホックを外した。ストラップレスのブラジャーがそのままベッドサイドに落ちる。ところが、あらわになった胸を味わおうと口を近づけると、マディは身を引いた。

「今度はあなたの番よ」

せっかくのごちそうを拒まれ、セオは顔をしかめた。「どういうことだ?」

マディはベッドから下りて言った。「ズボンのファスナーを下ろして」

セオがためらうとマディは眉を上げ、一語ずつ区切ってくり返した。

「ズボンの、ファスナーを、下ろして」

それからマディは突然ドレスの下に手を伸ばし、スカートの中で何かをした。再びスカートから出てきた彼女の手には、ブラジャーとお揃《そろ》いの小さなレースが握られていた。

セオは小さく毒づいた。

「ブラジャーとショーツと引き換えに……」マディは両手をセオの肩に滑らせて前かがみになった。セオの唇に、焦《じ》らすように胸のふくらみが近づいてくる。「ファスナーを下ろして」

片方のつぼみが唇をかすめたとたん、セオはそれを口に含んで思い切り吸いついた。これでズボンを押し上げる圧力が少しはましになるかと思ったのに、そんなことはなかった。むしろ、下半身のうずきはますます限界点に近づいた。このままではまずい。

セオはファスナーを下ろし、ウエストのボタンを外した。それから、欲望にうずく男性の証《あかし》を解き放った。そのついでに、マディの胸の頂を一噛《ひとか》みすることも忘れなかった。

マディはうめいて身をのけぞらせ、ドレスの裾をたくし上げた状態でベッドの上に戻ってきた。

ようやく二人の素肌がふれ合った。セオは両手でマディの顔を包み、キスできる距離まで引き寄せた。そして、最初のときにしたかったキスをした。激しく舌を絡ませ、息を継ぐ暇もないようなキスを。官能がますます高まり、今すぐ爆発しそうだ。

セオは巧みに避妊具を装着し、マディをかすかに持ち上げた。けれど一足早くマディのほうがセオの上で待ち構えていた。そしてゆっくりと体を落とし、どこまでも甘美な天国にセオを受け入れた。熱く潤い、固く締まったそこは、想像を超えた悦びに満ちていた。

こんな経験は初めてだった。

ホープとのセックスでさえ味わったことがない。

鋭い罪悪感がセオを貫いた。

セオはマディの腰をつかみ、彼女の動きを促した。マディと、彼女が味わわせてくれる喜悦以外のすべてを頭から締め出したかった。

マディはセオの髪をつかみ、体を動かし続けた。その呼吸が徐々に荒いものに変わっていく。

セオはもう保《も》ちそうになかった。このままこらえるつもりはなかったが、自分一人で昇りつめたいとも思わなかった。セオはマディの腰をしっかりつかみ、ベッドに仰向けに倒れこんだ。そしてマディが腰を上下に動かすさまに、自分の高ぶりが彼女にのみこまれていくさまに目をこらした。

あと少しだ。

セオはマディの下腹部にてのひらをあてがい、彼女のリズムに合わせて体を突き上げながら、親指を秘所に滑りこませ、敏感な核を見つけ出した。そして小さな円を描くようにして、ふれるかふれないかの絶妙な愛撫《あいぶ》を加えた。

マディは差し迫った欲求を早く満たしてくれと言わんばかりに、切ないうめきを長々と漏らした。けれどセオはまだ彼女を解放するつもりはなかった。

二人がともにぎりぎりまで追い詰められ、数百万のかけらにはじけ飛ぶ準備ができるまでは。

「セオ」マディがあえいだ。「お願い」

今度はセオも懇願を受け入れた。マディが体を沈めてセオを受け入れるたび、親指にしっかり力を加えコンスタントに愛撫を続ける。自分がマディに与える悦びが、こちらが享受する快感に匹敵していることを願いつつ。

どうやら効果はあったらしい。マディは固く目を閉じ、これまで以上に速く、そして激しくセオに体をぶつけ始めた。

あと少し。本当にあと少しだ。

突然、マディが彼の上に倒れこんできたかと思うと、セオを包む部分を激しくけいれんさせた。

来た。マディのクライマックスがセオの絶頂の呼び水になった。彼の欲望の証はこれまでにないほど固くこわばり、絞り出すようにすべてを放出した。

最後の一滴まで。

体の奥を余韻で震わせつつ、セオは体をつないだままマディを抱き寄せた。もうしばらく官能の名残を味わっていたかった。

マディを抱いたまま、セオは快感の波が引いていくのを待った。波は寄せては返し、なかなか引くことがなかった。二人は互いに荒い息を吐きながら、じっと横たわっていた。

セオはマディの頬にキスをした。

今夜のことは絶対に忘れないだろう。そして彼女のこともけっして忘れないだろう。

けっして。

その言葉にはどこか決定的な響きがあった。セオがずっと忘れ去っていた心の奥の何かを、強く揺り動かす響きが。

僕は今までの僕ではなくなった。

そう思ったとたん、恐怖が心をかすめた。僕たちは何てことをしてしまったんだ。

セオは奥歯を食いしばった。僕たちは、互いに望まぬ行為に及んだわけじゃない。

マディは永続する関係を求めなかった。それをほのめかすことさえなかった。

本当にありがたいことなのか？　ありがたいことに。

セオにはわからなかった。

マディが身じろぎをした。ひょっとして、起き上がって服を着るつもりなのだろうか。セオはまだそんな気分ではなかった。もう少しだけでいいから、このままでいたかった。

「まだ行かないでくれ」

「そんなつもりはないわ。脚がしびれただけよ」

セオは微笑んだ。「それは良くないな」

セオはベッドの中央に移動すると、上掛けをはいでマディを手招きした。「いっしょに横になろう。ほんの数分の間だけでも」

　数分のつもりが、眠っている彼女を見ているうちに数時間が経《た》った。今度こそセオは、マディの寝姿を心おきなく見つめることができた。やがて、セオはこらえきれずに、マディの温《ぬく》もりと穏やかな寝息以外のものを頭から締め出した。

　ほとんどパラダイス。

　ふと、歌の一節が頭によみがえった。でもあの歌詞は間違っている。

　マディはパラダイスそのものだ。そして一口でもそれを味わってしまった今、セオはそのパラダイスを手放せる自信がなかった。マディ以外の誰も、あれほどの高みまでセオを昇らせてくれなかった。

　他の誰も要らない。

欲しいのはマディだけだ。

　そう思っている自分に気づいて、セオは愕然《がくぜん》とした。けれど、この気持ちが変えられるとはとても思えなかった。よしんば変えられたとしても、変えたくなるとは思えなかった。

　でも悩むのは後でいい。今はただ、もうしばらくマディのかたわらで過ごせる時間を堪能しよう。明日が無事に来る保証などないのだから。セオほど身をもってそれを知っている人間はいなかった。

　マディスンが目を開けると、あたりは真っ暗だった。どこかで何かが鳴っている。

　電話の呼び出し音だ。でも聞き覚えがない音だから、鳴っているのは彼女の電話ではなさそうだ。

　部屋の一部が明るくなり、呼び出し音がやんだかと思うと、男性の低い声が電話に応じた。

　別の電話が鳴りだした。今度は自分の呼び出し音だと気づいたとたん背筋が凍って、マディスンは完全に目が覚めた。そして自分がどこにいて、誰といっしょなのかを思い出した。セオとマディスンの両方に電話がかかってきたということは――。

アイビーに何かあったに違いない。

暗闇の中でよろけながら電話を探していると、「いつからだ？」というセオの尖《とが》った声が聞こえた。

ようやく電話が見つかった。「もしもし？」

「マディスン、こちらはネイオミよ。アイビーの具合がおかしいの。セオを捜しているんだけれど、上手《うま》く連絡が取れなくて。ひょっとして彼の居場所を……」言葉が途切れ、受話器の向こうで〝何ですって？〟と言うのが聞こえた。すぐにネイオミが戻ってきた。「ドクター・サムナーがセオに連絡できたらしいわ。こんな時間に電話してごめんなさい。でも病院に来てもらえないかしら？」視界の端で、セオが服を着ているのが見えた。

「もちろんよ。何があったの？」

「アイビーが泣きながら目を覚ましたの」

ネイオミの口調から、事態がただの悪夢や腹痛より深刻なのが察せられた。マディスンは続く言葉を待った。

「アイビーは脚の感覚がなくなってしまったの、マディスン。まったく何も感じないんですって」

「すぐにそちらに向かうわ」

通話を切ると、マディスンは電話をベッドに放り、服を捜し始めた。ドレスではなく普段着のほうだ。

床に置かれたショッピングバッグから慌てて衣類を引っ張り出してから、マディスンはまず下着を見つけなければいけないことに気がついた。ベッドのどこかに埋もれているはずだ。マディスンは上掛けとシーツをはがし、ようやくショーツとブラジャーを見つけ出した。

ぐちゃぐちゃになった上掛けとシーツは、まさに昨夜の残骸だった。鋭い罪悪感がマディスンの全身を貫いた。

セオは一言も発しないまま、ベッドに腰かけて靴を履いていた。裸でセオに向き合う勇気がなくて、マディスンは下着を身につけてから照明をつけた。明るさに目をしばたたきながら、彼女は尋ねた。

「電話はドクター・サムナーから？」

「ああ」そっけない返事は苦悩と非難に満ちていた。

「あなたのせいじゃないわ」

「いや、僕のせいだ。僕はここに来るべきじゃなかった」セオは顔を上げ、怒りに満ちた視線をマディスンの体に向けたかと思うと、目をそらした。その行動が意味するところは明らかだった。

マディスンは横っ面をはたかれたようなショックを覚えた。

セオは傷ついているのよ。あなたに腹を立てているわけじゃないわ。

どれほど自分にそう言い聞かせようが、彼がマディスンと一夜を過ごし、親密なときを分かち合ったことを後悔している事実は変えられなかった。

今のセオは、マディスンが憎いと言わんばかりの目でこちらを睨《にら》んでいるのだから。

彼はそれ以上に自分自身を憎んでいるに違いない。

マディスンは残りの衣類を身につけた。

次に口を開いたとき、セオの声には何の感情もなかった。「コンシェルジェに頼んで、残りの荷物は僕の自宅に送ってもらってもいいか？　荷物を病院に持っていきたくないんだ。それを言うなら、できれば病院には君といっしょに戻りたくない」

頭ではセオの主張は理解できた。けれど心はダーツの矢が刺さったように傷つき、泣き叫んだ。セオは私といっしょのところを見られたくないのだ。

「わかったわ」

わかりたくはなかった。けれど今大事なのは彼女のちっぽけなエゴではなく、幼い少女の命だ。

〝アイビーは脚の感覚がなくなった〟

何かが頭の奥で引っかかっていた。何か大事なことが。けれど今は頭がこんがらがっているうえに、自分の判断も信用できなかった。この部屋を出て、ここで何があったか忘れ去ってしまうまでは。

そんなことができるとは思えなかったが、少なくとも忘れる努力はしなくてはいけない。

ものの十五分で二人は荷物をまとめ、フロントデスクに向かった。午前四時だったが、フロントにはチェックアウトの手続きをする先客がいた。セオが言った。「君は先に行ってくれ。チェックアウトは僕がやっておく」

「アイビーはあなたの娘よ。あなたが先に行って」

「いいのか？」

「ええ。自宅の住所だけ教えてちょうだい」

セオはメモ用紙に住所を書き、それをマディスンに渡した。「悪いが、今日のことは――」

「誰にも言わないわ。さあ行って」

セオはうなずいた。マディスンは終焉《しゅうえん》の重い予感と、それ以上に重く沈んだ気持ちを抱えて、ホテルを出ていくセオを見送った。

後にはマディスン一人が残された。

セオは今夜のことを誰にも知られたくなかった。つまり、二度と私と一夜を過ごすつもりはないのだろう。私にとって世界を揺るがすほどの経験だったのに。一匹狼《いっぴきおおかみ》の私にも、ひょっとして誰かを――。

やめなさい。マディスンは自分をたしなめた。今考えなければいけないのはアイビーのことよ。

コンシェルジェはいっさい詮索せずにチェックアウトの手続きをし、荷物を送る手配をしてくれた。その思慮深い礼儀正しさが、今のマディスンにはありがたかった。

ハンドバッグと昨夜の思い出だけを持ってホテル

を出たマディスンは、アイビーのことを考え始めた。

アイビーの脚の感覚がなくなっている。

それが意味することは何だろう？

これまでのところ、手足が弱っていくのが唯一の症状だった。脚の感覚がなくなったのなら、おそらく脚を動かすこともできなくなっているだろう。つまりアイビーは腰から下が麻痺《まひ》した状態なのだ。その麻痺が上半身に及ぶまで、どのくらい時間の猶予があるだろう？

そんなことは絶対にさせるものですか。たとえ一日二十四時間を費やして、世界中のありとあらゆる症例記録を研究する羽目になっても。

絶対に病気の原因を突き止め、アイビーとセオの苦悩にピリオドを打ってやる。そうなったら初めて――あくまで可能性でしかないけれど――アイビーの一つめの願いごとが叶い、セオがクリスマスを好きになってくれるかもしれない。

8

「なぜ今の今まで気がつかなかったのかしら？　脚がしびれたときに大きなヒントがあったのに」横で聞いているセオがあのときのことを思い出してたじろごうが、マディスンはかまわなかった。今はそれよりも大事なことがある。

マディスンはベッドの上にかがみこみ、アイビーの脚の感覚を調べた。ドクター・サムナーが調べたときと同じく、筋肉はぴくりとも動かず、何の反応も見せなかった。でもマディスンには見当がついていた。こうなったのは、彼女がセオとセックスした後、脚がしびれたのと同じ理由だ。「今すぐＭＲＩ検査をしましょう」

「脳に異常がないことはすでにわかっているんだろう？」セオの声は冷静すぎるほど冷静だった。

ハウスキーパーのジュディは少し前に席を外していた。ジュディはひどく取り乱し、ベッドサイドでまどろんでしまったことを何度もセオに謝った。その姿を見たマディスンも、患者の父親を病院の外に引き留めてしまった後ろめたさがいや増した。けれどセオの憔悴《しょうすい》した顔を見る限り、彼のほうがこの何千倍もの罪の意識を感じているに違いない。

きっと、私と一夜を過ごしたせいで娘の命を危うくしたと思いこんでいるのだろう。

でも彼は間違っている。

ほんの少し人とのふれ合いを求めたくらいで、運命の神は罰を下したりはしない。

マディスン自身、アイビーの容態が悪くなったとき、そばにいなかったことに深い罪悪感を覚えていた。けれどここで感情に流され、思考を麻痺《まひ》させるつもりはなかった。子どものころ、いつの日か母が迎えに来てくれると信じこみ、次々と里親との関係をだめにしてしまったときのように、感情任せに行動して自滅しかけるようなことは絶対にするものですか。

もうあんな失敗はしない。とりわけ今回は失敗するわけにいかない。アイビーが私を必要とし、セオが奇跡を必要としているのだから。

「撮りたいのは脳のＭＲＩではなく、背中のＭＲＩよ」

「背中だって？」

アイビーの声が聞こえた。「私の脚はどうなっちゃったの？　どうして何も感じないの？」

三十分前にマディスンが病院に戻ってから、アイビーは涙まじりに同じ質問をくり返してきた。

麻痺の理由ならもうわかっている。あとは確認するだけだ。自分の直感が合っていることをマディスンは祈った。

マディスンはアイビーの上にかがみこんだ。「もう一回、あの白いチューブみたいな機械に頑張って入れる?」

「う、うん。どうしても入らなきゃだめ?」

「そうすれば、あなたの脚で何が起きているのか、わかると思うの。上手《うま》くいけば治す方法もね」

セオの厳しい声が割って入った。「マディスン」

虚《むな》しい約束はしてほしくないのだろう。でもこれは空約束ではなかった。もしマディスンの考えが正しければ、アイビーの症状を好転させられるかもしれない。歩くためには筋力をつけるリハビリが必要だろうが、少なくともアイビーがまた自力で動けるようになる可能性は充分にある。

マディスンは顎にぐっと力を込めて、セオに向き直った。「自分が何をしているかはわかっているわ。私の判断を信じて。少なくともこの件に関しては」

たしかに、一夜をともにするという判断は間違っていたかもしれない。昨夜二人の間で起きたことはすべて、何の論理的根拠も将来の約束もないまま、ただ惹《ひ》かれ合《あ》う衝動に駆り立てられた結果だ。けれど今のマディスンの判断は、その場のはずみで下したものではない。

治療チームの面々はまだ眠っていて連絡が取れなかったので、マディスンの直感を試すべきかどうかの決断はセオに委ねられた。

固唾をのんで見守るマディスンの前で、セオの顔にさまざまな感情が浮かんでは消えていった。恐怖、不安、罪悪感、苦悩……そして最後に諦め。

「よし、やろう。診断室に向かう間に話をしよう」

話ですって? どうか話題がアイビーのことでありますように。ただでさえ必要なことだけ考えるのに苦労している今、昨夜のことを蒸し返されて、これ以上頭を曇らせたくない。

たとえセオがマディスンを傷つけないよう気を遣って、言葉を選んでくれるとしても。

もうすべて手遅れなのだから。すでに彼女の心は地面に激突して大きなクレーターをうがち、深い深いその底に埋もれそうになっているのだから。そして悲しいことに、結局はそれが最善なのだ。

マディスンは画像診断室に電話して、ＭＲＩの準備を頼んだ。

それからベッドに腰かけ、しばらくアイビーと手をつないだ。マディスンを見上げるブルーの瞳からは、涙だけでなく、さっきセオの顔に浮かんだのと同じさまざまな感情があふれそうになっていた。

「心配しないで。もうすぐ検査室に行くけれど、大丈夫ね？」

アイビーはうなずき、不安げに父親に目を向けた。

セオがベッドに近づいて、娘の額にキスを落とした。「パパはずっとおまえのそばにいるよ」

アイビーが検査室に運ばれていくと、セオはジュディを呼び戻し、検査が終わるまで病室で待っていてくれと伝えた。ジュディはうなずいた。「何かわかり次第、すぐに教えてくださいね」

「もちろんだ」

「夜のお出かけを台なしにしてしまって申し訳ありません。結婚式には無事、参列できましたか？」

「台なしになんかなっていないさ。僕たちは――僕はちゃんと結婚式に出られたから大丈夫。とにかく、何かわかったらすぐに知らせるよ」

セオが口を滑らせたのに気づいたとしても、ジュディは何も言わなかったし、マディスンのほうを見もしなかった。傷心が大きな塊となってマディスンの喉を塞いだ。その塊はあまりに大きく、何度唾をのんでも取り除くことはできなかった。

それからマディスンはセオと連れだってエレベーターに向かった。「セオ、本当にごめんなさい」

「謝らないでくれ。すべての責任は僕にある。もしアイビーに何かあったら……」

マディスンはセオの手を取った。「もし私の思ったとおりなら、麻痺が治る可能性は充分あるわ」

セオの手に力がこもった。「何の病気だと考えているんだ？」

「ＭＲＩが先よ。確たる証拠もないまま、結論を急ぎたくないから。もう少しだけ待ってくれる？」

「僕はもう何カ月も待っているんだ……」こらえるようにセオの奥歯が食いしばられた。「もう時間切れのような気がして仕方がない」

マディスンは無理して笑みを浮かべた。「心配するべきときが来たら知らせると言ったでしょう」そう言ってセオと指を絡める。またしても衝動に負けてしまったと思いつつ、ここはセオを安心させることが先決だった。「今は絶望するときじゃないわ。希望を持つときよ」

セオはマディスンの手を持ち上げ、そっとキスをした。そのとたん、相反する感情がマディスンの心を駆け抜けた。「君の言うとおりだといいな。心からそう願うよ」

彼らは検査室の隣の部屋から、ＭＲＩ装置がアイビーの体の断面を撮影していく様子を見守った。動かないで検査を受けられるよう、アイビーには軽い麻酔が施されている。おかげで娘が恐怖や混乱を感じずにすむのを、セオはありがたく思った。

それに対してセオは動悸《どうき》が激しく、血圧が急上昇していた。アイビーの心配もさることながら、理由はそれ一つではなかった。

マディだ。マディのせいで、セオは長年忘れることのなかったホープのことを忘れてしまった。

そんな自分が許せなかった。それだけではない。入院中の娘の容態が急変したとき、マディといっしたい自分が許せなかった。

こみ上げてきたさまざまな感情をセオはのみこんだ。ついさっきも、こらえきれずにマディの手にキスしてしまった。

あれは彼女の言葉に対する感謝のしるしだ、とセオの良心が反論した。

違う。あれは昨夜ベッドをともにした名残でしかない。彼女への思いは断ち切らなければ。今すぐに。これからは、アイビーの病気の原因を突き止める以外のことに気をそらすものか。たとえマディにだって。

いや、とりわけマディには。

これまでのセオなら、女性に好意を寄せられても簡単にはねつけることができた。今回の件で何が困ると言って、マディから好意を向けられたのではなく、まずセオのほうが彼女に惹かれたことだ。そして、セオにはその理由がいまだにわからなかった。

たしかにマディは面白くて優しいし、治療に関して妥協を許さないほど仕事熱心だ。そして信じられないくらい美しい。けれどマディのせいで、いちばん警戒を強めておかなければいけなかったときに、逆に緩めてしまったことは許しがたかった。セオが無意味なセックスのために娘の命を危険にさらしたと知ったら、ホープはショックを受けるだろう。

もっともセオにはあれが意味のない行為だったとは思えなかった。それが彼には衝撃だった。誰も亡き妻の代わりにはなり得ないとずっと確信していた。それなのに今の彼は、目の前にいる生身の女性に焦がれているのだ。

「よし、このくらいでいいだろう」検査技師の声に、セオははっとわれに返った。「我々が画像を解析する間、娘さんのそばにいますか?」

技師がセオに尋ねた。

セオは決めかねた。もちろんアイビーのそばにいてやりたかった。その一方で、マディが検査技師と得られた結果を検討する場にもいたかった。仮説が正しかったと、あるいは誤っていたとわかった瞬間のマディの表情を自分の目で確かめたかった。

「両方同時にするのは無理かな？　画像を見る間、アイビーをここに連れてくるとか？」

マディが首を横にふると、こちらに伸ばしかけた手をはっとして引き戻した。「それはあまり良い考えとは思えないわ。画像を見ながら私たちが交わす会話でアイビーを怖がらせたくないもの。こうしたらどう？　とりあえず回復室でアイビーにつき添ってあげて。何かわかり次第、すぐに連絡するから」

こんな立場に立たされたのは初めてだった。医師たちが子どもたちの病気を診断し、治療方針を検討する間、部屋の外で待たされる親の気持ちがようやく身にしみてわかった。今回は他人事《ひとごと》のように医師の立場には立てない。今セオがいるべき場所は娘のそばだ。

「わかった。何かわかり次第すぐに教えてくれ」

「もちろん。必ず連絡するわ」

セオはそのまま無言で検査室を出ると、アイビーのベッドを運ぶ看護師とともに回復室に向かった。

まだ麻酔の効いているアイビーの天使のような寝顔には、何の不安も苦しみも浮かんでいなかった。

ホープにそっくりなその顔を見ていると、恐怖が地滑りを起こすように次々と襲ってきた。

アイビーまで失うわけにいかない。神は、僕から妻だけでなく娘までも奪わないはずだ。

ホープとアイビーは、両親以外に僕が心から愛したただ二人の人間なのだから。

本当に？　これは紛れもない真実か？　他にも誰か……。

恐ろしい可能性が心に忍びこんできて、セオはごくりと唾をのみ、慌ててその思いつきを脇へ押しやった。今はこんなことを考えている場合ではない。

それにセオが意志を強く持てば、その可能性が現実となるはずはない。

ほどなくアイビーが目を覚ました。「パパ？」

全身に安堵《あんど》が広がった。「パパはここだよ」

看護師がセオに微笑《ほほえ》みかけた。「お嬢さんは元気になりますよ。お父さんも安心してください」

これは今日聞いた中でいちばん滑稽な言葉だった。けれどセオは笑えなかった。

電話が鳴った。セオはひったくるように携帯電話を取り出して応答した。「ホークウッドだ」

どうして姓を名乗ったのかよくわからない。画面の表示を見れば、発信者はマディだとわかっていたのに。ひょっとしたら、この状況を何とかするために、ビジネスライクな関係に戻ろうと必死だったのかもしれない。

「あの……セオ？」マディの困惑した声に、セオの胸が苦しくなった。

「ああ、すまない。アイビーが目を覚ましたよ」

「ジュディにつき添いを交替してもらえない？　あなたに見てもらいたいものがあるの」

喉にこみ上げる苦いものをセオはのみこんだ。見てもらいたいものとは腫瘍なのか、それとも何か別の致命的な病気なのか、今すぐ問いただしたかった。けれどアイビーの前でそれを口に出して、怖がらせるわけにはいかなかった。

「わかった。すぐに来てもらうよ」

ジュディが来るまでの時間がひどく長く感じられた。実際はエレベーターに乗って、病院の中を移動する時間でしかないのに。

ジュディが来ると、セオはアイビーに声をかけた。「パパがドクター・アーチャーとお話ししてくる間、ジュディと待っていてくれるかい」

「どうしてドクター・アーチャーなんて呼び方をす

るの？」小さく眉をひそめたアイビーは、すぐに大きなあくびをした。「彼女は……マディスンって……呼ばれたがってるのに……」

彼女はセオにはマディと呼ばれたがった。けれど、もうその呼び方はできない。もし、この困難を無事に切り抜けたいと思っているならば。

「それは知っているよ。さあ、もうおやすみ。パパはすぐに戻ってくるから」

これ以上言う必要はなかった。すでにアイビーのまぶたは閉じ始めていたからだ。長い夜で、誰もがくたくたに疲れていた。そろそろ地平線が白み始めている。

ジュディがベッドサイドの椅子に腰を下ろした。

「アイビーが目を覚ましても、私がそばにいますから」

「僕もできるだけ早く戻る。いろいろありがとう」

「お礼なんか要りませんよ、セオ。アイビーはわが子のようにいとしいですから」

ジュディは未婚で子どももいなかったから、アイビーは孫も同然の存在と言っていいだろう。ホープが亡くなってから五年の時を経て、ジュディとアイビーの絆《きずな》はますます深くなっている。

セオは部屋を出ると、アイビーを起こさないようそっとドアを閉め、急ぎ足で廊下を進んだ。どれほど速く歩いても、見えない力で後ろに引っ張られてなかなか進めない悪夢の中にいるような感じがした。それでもセオは一歩ずつ足を運んだ。早く着きたい気持ちと着きたくない気持ちの板挟みになりながら。

もしアイビーが不治の病に冒されていて、もう治る見込みがなかったら？

セオは奥歯を食いしばり、必死で別のことを考えた。マディは〝今は希望を持つとき〟だと言った。その言葉を全力で信じよう。

画像検査室には技師しかおらず、マディの姿はなかった。「すみません、交通事故に遭った患者の検査が入ってしまいました。ドクター・アーチャーは第一診察室にいます。廊下を進んで、すぐ右です」

第一診察室がどこかは知っていたが、セオは技師に礼を言って廊下に戻った。今回の移動時間は短かった。部屋はすぐそこだったからだ。

診察室のドアは開いていた。こちらに背を向けたマディが、食い入るようにコンピューターのディスプレイを見つめている。彼女を見たとたん、胸がそわそわし、下腹部が反応した。マディから三メートル以内に近づくと、いつもそうだ。彼女と一晩過ごせば、こういうこともなくなると思っていたのに。頭上の照明を受けてマディの髪がきらきら輝き、蛍光灯の下とは思えない暖かな色を宿していた。

セオの理性は彼女を肩書きで呼べと命じたが、心がそれを許さなかった。間違っても彼女を傷つけたくはなかったし、昨夜ホテルで分かち合ったものを否定したくもなかった。

「マディ？」

回転スツールに座ったマディがふり返った。ほつれた髪を耳の後ろに戻すとき、彼女の手が震えているのが見えた。

ぞくりとセオの胸が冷えた。「何が見つかったんだ？」

「今までこれに気づかなかったのが信じられないわ。あなたも座って」

震えているのは手だけではなかった。マディの声も震えている。けれどそれは恐怖からというより、興奮を抑えきれないからのように聞こえた。

セオは診察台の横からスツールを引いてくると、彼女と並んで腰を下ろした。「話してくれ」

「話すより見てもらったほうが早いわ。私の脚がしびれたときのことを覚えている？」

セオの答えを待たずに、マディはマウスを操作し始めた。ディスプレイの画像がめまぐるしくスクロールされていく。

「スピードを落としてくれ。ちゃんと見られない」

「ごめんなさい。見てもらいたいのはもう少し先の画像なの」それでもマディはスクロールする速度を落としてくれた。ディスプレイの上で、アイビーの脊柱、椎骨、それに血管が詳細に写された画像が次々と入れ替わっていった。

やがてマディは二枚の画像を行ったり来たりしたかと思うと、いきなりスクロールを止めた。「ここよ。見える？」

その声にはやはり興奮を抑えきれない切迫した響きがあった。

セオは画像を凝視し、混乱した頭で見えたものの意味を理解しようと努めた。「どこだ？」

「ここよ」マディは画像の一箇所をペンで指した。

そのとたんセオの世界が静止した。

一本線のようにまっすぐに伸びるアイビーの脊髄が、一箇所だけわずかにふくらんでいた。そのすぐそばに……絡まり合った血管の塊がある。

マディをふり返ると、彼女もこちらを見つめていた。これが何か、彼女にはもうわかっているのだ。

「人間の脚がしびれるのはなぜ？」

セオはごくりと唾をのんだ。今になってようやく、なぜマディがその話題を蒸し返すのかがわかった。

「神経が圧迫されるからだ」

「そのとおり。そしてこれが――」マディはペンで円を描くように、問題の部分を指し示した。「アイビーの脚を動かす神経を圧迫しているのよ」

「血管が原因だったというのか？　最初からずっと？」

「ええ」マディは画像に目を戻した。「血管の造影検査をして確認する必要はあるけれど、これはほぼ間違いなく脊髄硬膜動静脈瘻《どうじょうみゃくろう》だと思う」

「何てことだ。原因はずっと、こんなにはっきりわかる形で存在していたんだ」

マディの顔から血の気が引いた。「ええ。もっと早くに気づけなくて本当に申し訳ないわ」

「気づけなくて当然だ。僕だったら脊髄近くの血管を見ようと思いつくまで何カ月もかかるだろうし、見たところで何も気づかないかもしれない。たとえ気づけたとしても、運動機能を回復するには手遅れだったかもしれない。現時点で手遅れではないという前提だが」

「大丈夫、手遅れじゃないわ。この手の病気は診断できるまで一年以上かかることも珍しくない。アイビーの場合はまだ数カ月だもの」

「それでも、今回は進行が速かったんだな」

脊髄硬膜動静脈瘻。セオは頭をかき回して、記憶の断片を引っ張り出した。〝瘻〟は二つの異なるものが癒着する奇形だ。脊髄硬膜動静脈瘻の場合、脊髄を覆う硬膜にある動脈と静脈が直接つながってしまう。動脈血が静脈に流れこんだ結果、静脈が過剰な圧力を受けて太くなり、それが脊髄を圧迫しさまざまな障害が現れる病気だ。

マディは造影検査で確かめる必要があると言ったが、確かめなくてもマディの診断は間違っていないだろう。ただ造影検査をすれば、ＭＲＩ検査では見えにくい患部の位置がはっきりわかるはずだ。

「これからどうする？」

「このホープ病院には最高の神経外科医がいるじゃないの。さっさと、この厄介ものをやっつけてもらいましょう」

いかにもアメリカ人らしいさばさばした物言いに、思わずセオは声をあげて笑ってしまった。「やったな。君は〝今は希望を持つときだ〟と言った。まさに君の言うとおりだった」

気がつくとセオはマディの顔を両手で包み、彼女の目を覗《のぞ》きこんでいた。セオの視線が彼女の唇に落ちる。「どうやって君に感謝したらいいか、わからないよ」

「か、感謝してもらう必要はないわ」

セオはさらに身を寄せた。

「ドクター・アーチャー？」突然声をかけられて、セオはぎくりとして身を離した。

二人揃《そろ》ってふり返ると、ドア口にＭＲＩの検査技師がきまり悪そうに立っていた。「おじゃまして申し訳ありません」

「じゃまなんかじゃないさ」うなるように答えると、技師はいっそう顔を赤らめ、マディにこう言った。

「さっき言っていた緊急の造影検査は、やはり手配しておくほうがいいですか？」

「ええ、お願いするわ。それから、神経外科医の立ち合いも」マディは何の感情も見せない声で答えると、立ち上がって技師に微笑みかけた。「こんなに迅速に動いてくれて感謝するわ」

マディの口調には、このタイミングで声をかけてくれて感謝していると言いたげなニュアンスが感じ取れた。

ひょっとしたらマディも、昨夜ホテルで起きたことを後悔しているのかもしれない。それなのに僕は二人きりになったとたん、マディにキスしようとしていたのだ。

安堵があまりに大きかったからだ、とセオは自分に言い訳した。もしも病名がわかったときにジュディと二人きりだったら、僕はジュディの唇にキスしていたことだろう。

でもそのキスはまったく別の意味合いを持つのでは？　セオは自問した。

その可能性は充分にある。

だからこそ、今はこの感情を抑えなければいけなかった。アイビーのために。すべてが終わったら、好きなだけ自分の気持ちを分析すればいい。でも今考えなければいけないのは娘の体のことだけだ。

午前八時には、すべての検査が終了していた。セオの予想どおり、マディの診立ては正しかった。瘻はまさしく脚の運動神経のある場所にあり、静脈の腫れがひどくなるにつれ、少しずつ上の神経を圧迫し始めていた。脚の感覚が突然なくなったのは、そのせいだった。この二日の間に、患部に何か急激な変化が起きたのだろう。こういう病気では、突然症状が進んだりしばらく停滞したりするのは、よく見られることだ。

腕の力が落ちてきたのは、ありきたりの行動――たとえば椅子からベッドに移動すること――に脚を使えなくなったために、代わりに上半身を使いすぎたせいだと考えられた。まさか侵されているのが脚を司《つかさど》る神経だけだとは誰も思わず、全身が弱っていくとばかり思いこんでいたために、問題が見えなくなっていたことは否めない。

それなのにマディは答えを見つけてくれた。結局のところ、突然の麻痺が謎を解く鍵となったのだ。

セオは感謝していた。これ以上ないくらい感謝していた。それなのに、その感謝を適切にマディに伝える方法がわからなかった。

これもまた、いつも患者から感謝される側にいるセオにはなじみのない経験だった。彼は苦心して、何とか言葉だけで感謝を伝えるやり方を考えようとしていた。

いずれにせよ、すべてはアイビーの手術が終わり、彼女が快方に向かってからのことだ。そうなったら、どうすればいいか考えよう。

そしてきっぱりとけりをつけよう。

9

手術は成功した。神経外科医が血管内塞栓術――血管にカテーテルを挿入し、患部に医療用接着剤を注入することで血流を遮断する処置――を行った。滑走路に並ぶライトが一つずつ消えていくように、血流を止められた血管が一つ、また一つとモニターの上で消えていくのをマディスンは見守った。いずれ他の血管や毛細血管が、塞がれた血管の代わりに機能するようになるはずだ。

これで脊髄の腫れが上手《うま》く引いてくれれば、アイビーの脚の感覚も戻ってくるし、萎縮していた筋肉も動くようになると期待できる。マディスンはすでに、アイビーの背中の状態が落ち着き次第、物理療法を始める計画を立てていた。

セオとは手術の後、ほんの数分しか顔を合わすことができなかった。彼は何だか様子がおかしくて、目を合わすこともなく、一言ありがとうとつぶやいただけで、そそくさと娘のもとに行ってしまった。

けれど、セオが一秒でも長く娘のそばで過ごしたいと思うのも無理はない。アイビー同様、セオも新たな命を授かったようなものなのだから。

マディスンは外科病棟の廊下をぶらぶら歩いていった。昼間なので、医療スタッフがあちこちの部屋から出たり入ったりしている。ホテルで寝ていたところを携帯電話の呼び出し音で起こされてから、まだ十二時間しか経《た》っていないのが信じられなかった。

それでいて、一生分の時間が経ったような気がする。セオはこの半日ですっかり老けこみ、ごく手短な言葉しか発しなくなっていた。彼が感情の火花を散らしたのは、マディスンがＭＲＩの画像を見せ、脊髄硬膜動静脈瘻《どうじょうみゃくろう》だと告げたときだけだった。彼女の顔を包んだセオのてのひらの感触を、今でもはっきり覚えている。

彼はあのとき私にキスしようとしていた。一度はそんなはずはないと思ったが、あの瞬間の記憶を何百回と頭の中で再生して確かめた結果、技師がタイミング良く姿を現さなかったら、セオが私と唇を重ねていたのは間違いない。そうなっていたら、私は昨夜と同じく、拒むことができなかっただろう。セオはまるで荒ぶる大波だ。私の心の壁を打ち破り、どんな防御も突破してしまう。セオに迫られたら、私は後先も考えず身を委ねてしまうに違いない。

けれどあれ以来セオは何だかよそよそしく、彼女と言葉を交わそうともしなかった。マディスンが見学室で手術を見守っていたとき、セオは後から部屋に入ってきたが、彼女からいちばん遠い椅子を選んで腰を下ろした。マディスンは当惑し、意気消沈した。

なぜ彼はこんなに急に態度を変えたのだろう？

理由は簡単だ。私がアイビーの病気の原因を突き止めたから。セオはもう私を優遇しなくても良くなったのだ。

そんなはずはない。マディスンは自分の思いつきを否定した。私の機嫌を取り、優遇することで――私がいっそう病気の解明に精を出すなんて、セオが考えたはずがない。

たしか彼は特別待遇という言葉を使っていた――ましてや、そのために私とセックスをしたはずがない。私の望みがセックスだと思わない限り。

でも私はセオと体を重ねたかった。彼は私の心を読んで、私の望みを叶《かな》えてくれただけなのだろうか。

マディスンはごくりと唾をのんだ。アイビーが私にとって特別な存在になったように、セオが私を特別な存在だと感じてくれていると思っていたのに。

でもそれは思い違いだった。

私はセオの同僚にすぎなかった。私はベッドをともにする過ちを犯した相手というだけだった。

マディスン自身、セオを仕事のパートナー以上のものに考えるなと何度も自分に言い聞かせてきた。なのにベッドをともにしたとたん、それ以上の関係になれるかもと期待してしまった。

たとえば家族とか。

あり得ない。セオは妻を愛しているのだ。今でもデスクに置かれた家族写真や、オフィスに飾られた妻の学位証明書から、それがはっきりわかる。

私は愚か者だ。

手の届かない相手に恋をしてしまった愚か者だ。

ようやくマディスンは、自分がセオを愛していると自覚することができた。けれど、この気持ちは成就するはずがないものだ。

マディスンは自分のオフィスに戻った。まだ五カ月残っている任期を、これからどう過ごせばいいだろう。毎日のように病院でセオと顔を合わせるのは願い下げだ。本当は彼のことなど愛していないと思いこめれば何とかなるだろうか。これはあくまで一時的な感情で、アイビーが元気になり、いずれセオのそばで働く理由がなくなりさえすれば薄れるものだと、自分に言い聞かせていれば大丈夫だろうか。

セオはすでに二人で過ごした一夜を過去のものとしている。私だって同じようにできるはずだ。

でも、できなかったら？

それなら簡単だ。数週間経っても気持ちが変わらなければ、辞職してアメリカに戻ればいい。たしかに職歴には傷がつくかもしれない。でも、もともと私は人間関係を築くのに難があると批判されてきた。イギリスの病院でも同僚と上手くやれなかっただけと思ってもらえるだろう。

以前働いていた病院に戻れるのは、まず間違いない。仲違《なかたが》いした同僚もいるが、それを口実にくびになったりはしなかった。私が雇われていたのは素晴らしい人間性が備わっていたからではなく、医者としての技量があったからだ。

少し気が楽になって、マディスンは微笑《ほほえ》んだ。二週間ほど様子を見てから、どうするかを決めよう。

そもそも終身雇用でこの病院に来たのではないのだから、永遠にここで働くわけではない。

それは最初からわかっていたことだ。そしてまた、セオがマディスンに永遠の愛を誓ってくれるはずがないことも自明の理だ。彼はホープを愛している。彼の気持ちが変わることは絶対にない。

それに気づくのが早ければ早いほど、私の傷も小さくてすむというものだ。

マディスンはドア口から病室を覗《のぞ》きこんだ。アイビーはベッドでぐっすり眠っている。手術から二日が経ち、すべてが順調だった。

脚の感覚はすでに戻り始めていたし、ごくわずかだが爪先も動かせるようになっていた。

ベッドにセオも寝ているのに気づいて、マディスンの胸がぎゅっと締めつけられた。セオは目覚めている間はずっと娘のそばで過ごしており、今朝も最初の物理療法につき添ったばかりだ。マディスンはこの二日間、できるだけ二人を避けて過ごしてきた。けれどそれも限界だった。どうしても二人に――いや、アイビーに会わずにはいられなくなった。とはいえ、セオがアイビーのそばにいないタイミングを見つけるのは至難の業だった。

セオが目を覚まさないことを必死に祈りながら、マディスンはこっそり部屋に足を踏み入れた。万一セオが目を覚ましたら、脈拍や呼吸のチェックに来たふりをするつもりだった。

いずれにせよチェックは行うつもりだったから、

嘘《うそ》ではない。たとえ心の奥底では、ここに来た本当の理由は違うとわかっていても。

セオはアイビーの隣で仰向けに横たわっていた。片腕を頭の下にして、もう片方の腕は眠っている間も娘を守ると言わんばかりにアイビーの上に伸ばされている。幸い、セオの目は閉じていた。そうでなければ、マディスンはここに立ってはいられない。

セオが恋しかった。彼と交わす丁々発止《ちょうちょうはっし》の議論が恋しかった。

クリスマスイルミネーションに照らされた町のそぞろ歩きが恋しかった。

何より、真夜中の抱擁が恋しかった。目に涙があふれてきて視界が曇ったが、何とかこらえてマディスンはベッドに近づいた。大きなベッドに眠るアイビーがとても小さく見えて微笑《ほほえ》ましかった。

マディスンはあらためて腹をくくると、脈拍と呼吸をチェックするためにアイビーに近づいた。

不意にアイビーのまぶたが開き、まっすぐマディスンを見つめた。

「ママ？」

アイビーはまだ寝ぼけているのか、眠そうに目をこすっている。マディスンは胸が張り裂けそうになった。いずれアメリカに帰れば、アイビーともセオとも会えなくなる。その未来は変えようがないが、せめてきちんと別れを告げてから帰ろう。

アイビーはすでに一度、実の母親をいきなり失う経験をしている。

同じトラウマを再び味わわせてはいけない。たとえマディスンの帰国が、ホープの死ほど大ごとではないにせよ。

アイビーが相変わらずこちらを見つめているので、答えを待っているのだとマディスンは気づいた。

無理に笑みを浮かべ、マディスンは答えた。「いいえ、私はママじゃなくてマディスンよ。あなたの様子を見に来たの」

「そうだといいと思ったのに」

「そうだといいって、何が？」

「マディスンがママだったらいいのにって」

息が一瞬できなくなった。マディスンは慌てて口に手を当て、胸のうちでやかましく暴れる言葉が叫びとなってこぼれ出るのを防いだ。

〝私もあなたのママになれたらいいのに〟

切り裂くような痛みがマディスンの胸を貫いた。心臓も肺もずたずたになったに違いないと思えるほど、耐えがたい痛みは何度も続いた。

どうしてアイビーを忘れることができるだろう。そしてアイビーの父親のことも。

心ならずもマディスンはセオを盗み見た。

何てこと！　セオの目が開いている。

彼は二人の会話をすべて耳にしたに違いない。その顔が険しくしかめられるのを見て、マディスンの背筋がぞくりと凍った。ここに一人、私がアイビーの母親であってほしくない人間がいる。

今すぐここを出ていかなければ。二度と立ち直れなくなる言葉を投げつけられる前に。

「ごめんなさい。私、その……アイビーの具合を見に来ただけなの」そそくさと部屋を飛び出したマディスンは、数秒後、廊下の壁に背をあずけ、あふれる熱い涙で頬を濡《ぬ》らしていた。

私は何と愚かだったのだろう。これから五カ月の間、何もなかったような顔をしてセオと会えると思っていたなんて。全身全霊でセオを愛していないふりができると思っていたなんて。

そんなことは絶対に無理だ。胸を貫く痛みがまだ続いていることを考えると、この熱い思いは激しくなりこそすれ、薄らぐとは思えない。

「マディスン？　大丈夫？」

セオが追いかけてきたのかと思ったが、声をかけてきたのは女性だった。目を開けると、ネイオミが心配そうな顔でこちらを見つめている。

マディスンは涙を拭うと、もたれていた壁から身を離した。「私なら大丈夫よ。あんまり疲れ果てて、文字どおり泣けてくる経験をしたことはない？」

ネイオミが慎重にうなずくのを見て、マディスンは喉の奥で笑った。もっともそれは笑い声というより、傷ついたカモメの鳴き声のように聞こえた。

「これから家に帰って、半日ぶっ続けで寝るわ」

「本当に大丈夫？　良ければ車で送るわよ」

優しい言葉をかけられ、また涙腺が崩壊しそうになったので、マディスンは首をふった。「外の空気を吸いながら歩いて帰るわ。また明日ね」

視界の端で、アイビーの病室のドアが開くのが見えた。

今すぐ逃げなければ。

マディスンは廊下を急ぎ、エレベーターに飛びこんだ。

そのときになって初めて、自分がアパートメントに帰るつもりがないことに気づいた。二日ほどホテルに泊まって、その間に退職届を書こう。即時有効の退職届を書いて、病院に配達してもらおう。部屋の荷物は、業者に依頼して引き払ってもらえばいい。アパートメントにもホープ子ども病院にも、もう足は踏み入れまい。

飛行機のチケットが取れ次第、アメリカに帰国するのだ。マディスンはタクシーを拾うと、ほどほどの値段で泊まれるホテルを運転手に尋ねた。

運転手が近くのホテルを教えてくれたので、マディスンはそこまで行ってと頼んだ。数分後、ホテルに到着したときには涙はもう乾いていた。

もう泣くものか。子どものころに、涙は何の解決にもならないと学んだ。泣いたところで喉と頭が痛くなるだけだ。今の状況を変えたければ、常識と、絶対に過去をふり返らない固い決意でことに対処するしかない。

　タクシー代を払おうと財布を取り出した拍子に、何かがシートに落ちた。以前セオからもらったクリスマス礼拝のチケットだった。二日ほど前、ひょっとしたら本当に二人で行くことになるかもしれないと思って、メモ帳から財布に入れ替えておいたのだ。

　何というお笑いぐさだろう。

　料金を払ってタクシーを降りてからも、マディスンはチケットを見つめていた。礼拝は二日後だった。この二週間は息つく暇もなく仕事に追われ、挙げ句にすさまじい挫折を経験した。

　クリスマス明けまで飛行機のチケットは取れないだろうから、少なくとも二日の猶予がある。その間にケンブリッジを見て回ろう。そうすれば胸の痛みも少しは和らぎ、自分がなくしたもののことばかり考えずにすむかもしれない。

なくしたですって？

　せいぜいプライドが削《そ》がれ、わずかに自尊心に傷がついただけじゃないの。

　そんなものはすぐに取り戻せるはずだ。それまでは名所観光を楽しみ、聖歌を聞くとしよう。

　クリスマスが好きでなくても、音楽を楽しむことはできるのだから。

　マディスンはホテルのフロントで部屋を頼んだ。

「何日ほどお泊まりで？」フロント係が尋ねた。

「必要なだけ」としか答えられなかった。

　はっきりした数字を答えろと言われなかったうえ、驚いたことに部屋は空いていた。ぎりぎりになってキャンセルがあったのかもしれない。

　フロント係はカードキーを手渡し、エレベーターを指さした。マディスンは言われたとおりエレベーターに向かった。このところずっと、エレベーターで上がったり下がったりしているような気がする。

まるで私の人生のようだ。

あるときは天にも昇る心地を味わい、あるときは地面に叩《たた》きつけられるような失意を味わった。

そろそろこの茶番にはっきりけりをつけよう。飛行機に乗り次第、ケンブリッジで過ごした時間はすべて忘れ去り、もう二度とふり返るまい。

愛らしい幼女と、圧倒的にハンサムで危険な匂いを発する彼女の父親のことも。

マディを傷つけてしまった。二日前、彼女がアイビーの病室を出ていった瞬間、セオにはそれがわかった。けれど絡まるシーツから苦労して身をはがし、勢いよくドアを開けたとき、そこにいたのはマディではなくネイオミだった。

「彼女はどこだ?」

彼女とは誰かと尋ねることもなく、ネイオミは廊下の先を指さした。

けれどセオがエレベーターホールに着いたとき、マディの姿はもうなかった。

ホテルで一夜を過ごしてからのセオのふるまいは、けっして褒められたものではなかった。セオは二人の間に起きたことを腰を据えて話し合うのではなく、できる限り彼女を避けてしまった。

その結果がこれだ。今朝オフィスに入ってみたら、宅配便で特急配達された退職届がデスクの上にのっていた。退職届に差出人の住所はなく、彼女のアパートメントに連絡してみると、すでに引き払った後だと管理人に言われた。たった二日の間に? いったいどうやって?

だがマディは意志の強い人間だ。こうと決心したら、あらゆる努力を尽くしてそれを実現させる。アイビーが順調に回復しているのも、ひとえにマディが断固とした決意で病気の解明に臨んでくれたおかげだ。

僕はマディとの関係を台なしにしてしまった。そして、今やそれを修復する術《すべ》はない。

アイビーの様子を見に行き、〝マディスンはどこにいるの〟という娘の質問を何とかかわした後、セオは彼女のオフィスに向かった。オフィスの荷物はそのまま残っていたが、もともとこの部屋に彼女の私物はほとんどない。セオはデスクに積まれたファイルフォルダーに手をふれ、アイビーのファイルを見つけて微笑んだ。これはもう用済みだ。まるでマディはアイビーを助けるために遣わされた天使で、任務の完了とともに飛び去ったかのようじゃないか。

本当にマディは天の使いだったのかもしれない。そう思いかけた自分をセオはたしなめた。マディが生身の女性であることは、誰よりも僕が知っている。

セオはデスクの向こう側に回ると、引き出しを開けてみた。見覚えのあるメモ帳が目に入り、セオは顔をしかめた。彼女はこれを置いていったのか？

当然じゃないか。もうマディには必要ないのだ。辞職するつもりなのだから。

セオは最初のページをめくった。ところが、書いてあることの意味がわからなかった。

これは患者に関する覚え書きというより……クリスマスの願いごとリストのように見えた。

〝クリスマスのことを相談していたのよ〟

アイビーのベッドでこのメモ帳に何か書きながら、マディはそう言っていた。

つまり、これはアイビーの願いごとに違いない。

セオはあらためてリストに目を通した。心臓がいったん止まったかと思うと、息切れがするほど激しい動悸《どうき》が襲ってきた。アイビーがクリスマスに欲しかったものは〝これ〟なのか？

セオはデスクの椅子に腰を下ろした。

リストはひどくシンプルだった。欲しいものの次に、なぜそれが欲しいのか理由が記されている。

〝パパにクリスマスを好きになってもらうこと——ママのことを思い出して悲しんでいるから。

新しい聴診器——できれば紫色のもの。アイビーのいちばん好きな色だから。

馬に関する本——セオにもアイビー同様、馬が大好きになってほしいから。

大人用の塗り絵——看護師の一人が、大人も必ず一冊は持つべきだと主張していたから。

マカロニ・チーズ——セオの好物に違いない。サンタの袋にキャセロールを入れてもらわなくては。

子犬——やれやれ！　帰宅して、ツリーの下に子犬が待っていると知ったセオが喜ぶとは思えない〟

マディはいつ僕にこのリストを見せるつもりだったのだろう。それとも、これを書き留めたのは、ただアイビーの機嫌を取るためだったのだろうか。いや、マディがそんなことをするとは思えない。マディならリストの品を買い求め、アイビーのベッドでいっしょにラッピングするに違いない。もっとも子犬は別だろう。それに加えて、リストの一番目の項目も。あれだけアイビーがクリスマスを楽しめるよう努力したのに、娘にはお見通しだったのだ。

すでにセオはマディときちんと話をしないという過ちを犯した。さらに過ちを重ね、このメモ帳を引き出しに戻し、見なかったふりをするような真似《まね》はできなかった。そろそろ誰に対しても正直に生きる潮時だ。まずは娘のアイビーからだ。

アイビーの部屋にはジュディが来ていた。セオの表情から何かを察したらしく、ジュディは椅子から立ち上がった。「しばらくお二人でどうぞ。私は洗濯をしに帰らなければいけませんから」

洗濯ものなら昨日届けてもらったばかりだったが、如才ない言い訳で席を外してくれるジュディの厚意を、セオはありがたく受け取った。

娘と二人きりになると、セオはベッドの端に腰かけ、ずばりと要点に入った。「マディスンのオフィスでこれを見つけた」

そう言ってメモ帳を見せる。

「うん。マディスンはメモするのが大好きだった」

セオはメモ帳をぱらぱらとめくった。「ここにはクリスマスの願いごとリストも書いてある」

「あたしの願いごと？」

「そうだ」

「それならパパにも、あたしがサンタさんに何をお願いしたかわかったよね？」アイビーの言葉に切なさがにじんだ。

「ああ」

「全部ちゃんと書いてある？」

「願いごとはいくつあったんだ？」

「そんなにたくさんじゃないよ」

「不思議なのは、これがおまえの欲しいもののリストなのか、パパの欲しいもののリストなのか、わからないということだ」

「両方なの、パパ。あたしとパパの両方にあったらいいなと思うものを書いてもらったの」

なるほど。ただし子犬は百パーセント、アイビーの希望だろう。馬に関する本も。でも、他の項目は……。

セオは勇気を奮い起こして、いちばん気になっていたことを尋ねた。「どうしてパパがクリスマスが好きじゃないと思ったんだ？」

アイビーは肩をすくめた。「だってママが死んだときだもん。パパはいつもクリスマスには悲しそうだった。どれほど楽しそうな顔で笑っていても」

「おまえには見抜かれていたんだな」

「うん」アイビーは手を伸ばし、セオの手をぎゅっと握った。「ずっと考えてたんだ。もしママが天国に行っちゃったのなら、別の人にママになってもらえないのかなって」

「別の人に?」

「そう。ママになってほしい人がいるの」

セオの胸は息ができないほど苦しく締めつけられた。「それはいい考えとは思えないな」

「どうして? 天国のママもマディスンを気に入ると思うし、パパだってマディスンが好きでしょう」

僕はただマディが好きなのではない。僕は彼女を愛している。

どうしてもっと早くに気がつかなかったのだろう。

なぜなら、目の前にあったものが見えないほど、僕の目が曇っていたからだ。

「たしかにマディスンは好きだよ。でもそう簡単な話じゃない。誰もママの代わりにはなれないんだ」

「でもサンタさんなら魔法が使えるでしょ? 願いを叶えてくれるんじゃないかな」

「マディスンにはもうこの話をしたのかい?」

「ううん、まだ」

寝ぼけてマディスンに話しかけたことは覚えていないらしい。

「さすがのサンタさんも、全部のお願いを叶えることは無理だと思うよ」

「でも、クリスマスにあたしの病気を治してくださいってお願いしたら、本当に病気が治ったもん」

「そうだね。それはパパも心から感謝している」アイビーの病気が治ったのはサンタのおかげではなく、一人の女性の——後ろめたさと不安から、セオが人生から追い出してしまった女性のおかげなのだが。

「サンタさんならきっと、マディスンをあたしのママにしてくれるよ。パパもマディスンにママになってもらいたい?」

「パパがどう思うかは大事じゃないだろう?」

「ううん、すごく大事だよ」アイビーは声を張り上げ、興奮で息を荒くした。「心の底から信じてお願いしないと、魔法は起きないの」

娘の体が震えているのにぎょっとして、セオはアイビーの肩に手を置いた。「マディがどこにいるかさえ、パパにはわからないんだ」

「それはきっとサンタさんが知ってる。マディスンならパパを幸せにしてくれるし、クリスマスを好きにしてくれるよ」

娘の言うとおりだと気がついて、セオの喉がぐっと締めつけられた。たしかにマディは僕を幸せにしてくれた。これまで感じたことのないほどの幸せをもたらしてくれた。

「できるだけ頑張ってお願いするのならどうだ？」

「本当にいっしょうけんめいお願いするって約束できる、パパ？」

「もちろんだ、アイビー。約束するよ」

セオは町じゅうを回って、あちこちのホテルを訪ねてみた。けれど彼が訪ねたホテルにはどこも、マディスン・アーチャーという客は泊まっていなかった。そろそろ時間切れだったし、希望も尽きかけていた。今日はクリスマスイブだというのに、セオはリストのプレゼントを買う暇も惜しんで、マディを捜し回っていた。なぜなら娘にとって、本当に大事なプレゼントはマディだけだとわかっていたからだ。

〝心配するときが来たら教えるわ〟マディはそう言っていた。

「言わせてもらうが、僕は心配でたまらないんだ。マディは見つからないんじゃないか。娘の希望が打ち砕かれてしまうんじゃないか。何より、無事にマディを見つけても、鼻であしらわれるんじゃないかって思うと」

セオは独り言を言った。自分が話しかけている相手が神なのか、それともサンタクロースなのか、それさえセオにはわからなかった。

目を上げるとキングズカレッジが見えた。そういえばクリスマス礼拝は今日だった。時計を見ると、もうすぐ始まる時間だ。マディは見つけられなかったし、当面どうするか策もない。それなら少し休憩して礼拝にあずかるのも悪くないだろう。ひょっとしたら礼拝の間に何か思いつくかもしれない。

セオはチャペルの入り口でチケットを見せ、中に入った。開始まで三十分あったので、セオはころあいの席を探して礼拝堂を見渡した。会衆席に座る一人の女性がセオの目を引いた。何だかあの金髪には見覚えがあるような……。

セオは一歩近づいた。髪の長さも同じなら、セクシーに背中に流れ落ちるさまも同じだった。そして光を反射する独特の輝きも。

セオは長椅子に歩み寄り、しげしげとその女性を見つめた。マディだと気づいて、ショックで全身が震えた。手もとの式次第を見ていたマディは、ふと手を上げて左目を拭った。

まさか、泣いているのか？

セオの胸が張り裂けそうに痛んだ。すでに席についている人たちに謝りながら、セオは彼らの前を通って長椅子の中ほどへ進んだ。

そして彼女の隣に腰を下ろした。

マディは顔を上げ、驚きに目を見開いた。「セオ？」

「隣に座ってもいいかい？」

「その……いいわ」

礼拝の時間が近づくにつれ、チャペルが静まっていったので、今ここでマディに言いたいことを伝えることはできなかった。それでも、とにかく彼女を見つけることができた。これが大事な第一歩だ。

「礼拝の後で話をしてもいいか？」

「何の話なの？」

セオはポケットからメモ帳を取り出した。「リストにあるプレゼントの中に、君の助けが必要なものがあるんだ」

マディの目がセオの目と合った。「このメモ帳はあなたにあげるつもりだったのよ。でも私たちは、ほら、あんなことになってしまったから……」

「そうだな」セオはマディの手を取った。幸い、その手がふり払われることはなかった。「後でじっくり僕の話を聞いてくれるかい？」

「聞かないという選択肢が私にあるの？」

「あるさ。でも僕の弁明を聞いてくれると嬉《うれ》しい」

聖歌隊員の憂いを帯びた声が響き、最初の一曲が始まった。そのとたん、アイビーの言っていた魔法さながらにマディが指を絡めてきた。

永遠にそこに座っていたいのはやまやまだったが、礼拝はあっという間に終わってしまった。セオはもう何年もこのクリスマス礼拝を聞きに来ているが、今日ほど堪能できたのは初めてだった。きっと隣に座っていた女性のおかげに違いない。

「少し歩かないか？」

「ええ」

チャペルを出た二人は、キングズカレッジの正面に戻ってきた。少し離れたところにセオがベンチを見つけ、二人は腰を下ろした。

セオはマディに向き直った。「まず最初に、ホテルを出た後の僕のふるまいについて、謝罪しておきたい」

「ええ」

マディが〝ええ〟とだけ返事をするのは二回めだった。話の進め方を変えたほうが良さそうだ。

「女性とベッドをともにして、僕があそこまで感じたのは……初めてだった」

マディは首をかしげた。「ホープとも？」

セオは記憶をたどった。たしかにホープとは素晴らしい瞬間を何度も分かち合った。けれど、過去は過去だ。ホープとの思い出は箱に詰められ、ずっとしまいこまれている。「今の僕の気持ちは、ホープと分かち合ったものとは違う」

「あなたの気持ちって？」

「僕は君を愛している、マディ。いつからかは自分でもわからないけれど」

喜ぶかと思いきや、マディは顔をしかめた。「この間アイビーがあんなことを言ったから？」

彼女が何を言っているのかわかるまで、少し時間がかかった。

「君がママだったらいいのにとアイビーが言ったから、僕がこんなことを言い出したと思うのか？」

「そうじゃないの？」

「違う。たしかにアイビーの望みなら何でも叶えてやりたい。でも僕は、娘に母親が必要だからという理由でプロポーズしたりはしない」

マディの口がぽかんと開いてから閉じた。「今、何と言ったの？」

「プロポーズする、と言った」セオはマディの両手を取った。「さっき言ったことは本当だ、マディ。心から君を愛している。もし君がわずかでも僕に愛を感じてくれるなら、祭壇に続く通路を君と歩きたいと思っている」

マディが何か言う前に、セオは続けた。

「僕がクリスマスを好きになれる条件はただ一つ、これからずっと、君やアイビーとクリスマスを過ごすことなんだ。アイビーを救ってくれて感謝している。そして僕を救ってくれて感謝している。君のおかげで僕は、自分が必要もないのに屍衣《しい》を着込んでいることに気づくことができた。僕は生者の世界に生きているはずなのに。だから僕は、これからの人生を君とともに生きていきたい」

長い間マディは何も言わなかった。もう手遅れだ心を知ったのだろうか。

セオは彼女の顎を手で包んだ。「マディ?」

「これが本当のことだなんて、怖くて信じられないわ。チャペルに座ってあなたのことを考えていたら、あなたが現れた。まるで魔法みたいに」

「魔法だよ。アイビーが教えてくれた。心の底から信じて願えば、この魔法が起きるって」

「この魔法?」

「愛の魔法さ」セオの手がマディの頬に移った。「僕は心の底から、信じて願っている。そして君も同じ気持ちだといいと思っている」

マディは目を閉じた。一瞬、断られるのではないかと——マディがそのまま立ち上がり、セオ一人をベンチに残して歩み去ってしまうのではないかと思って、セオは怖くなった。

次の瞬間、マディのまぶたが開いた。グリーンの瞳が明るく輝くのを見たとき、今までにない希望がセオの心を満たした。「ええ、私も同じ気持ちよ。私もあなたを愛しているわ。あの夜あなたはホープを裏切ったと感じて、罪悪感を覚えているのだと思っていた。でもそのときにはもう私はあなたを愛していたから、つらくてたまらなかった。それに、アイビーが寝ぼけて私をママと呼んだときの、あなたの目つきときたら……」

「僕は狼狽《ろうばい》していたんだ。慌てて君を追いかけようとしたのにシーツが体に絡まってしまって、廊下に出たときには君はもういなかった。次の日、君のアパートメントに連絡したら、もう引き払った後だった」セオはマディに身を寄せてキスをした。「もう二度と君に会えないかと思ったよ」

「私もアメリカ行きの航空券を買う踏ん切りがなかなかつかなかったわ。今日こそチケットの手配をしようと思いながら、昨日も今日も何もしなかった。チャペルで礼拝が始まるのを待っているときにようやく本当のやく、まず病院に戻って、きちんとあなたと話をつけるのが先だと気がついたの」

「それなら今ここで話をつけよう。僕と結婚してくれるかい？」セオはマディの左手を取り、薬指にキスをした。

「ええ、セオ。結婚するわ」

二人の唇が重なった。最初は優しく、やがて激しく。二人が身を離したとき、セオの耳もとでは血管がどくどくと鳴っていた。「逮捕されるようなことを人前でしてしまう前に、戻ったほうがいい」

「戻る？」

「病院にだよ。まずアイビーの病室に。それから僕のオフィスに。オフィスのソファベッドがとても寝心地がいいことはもう話したっけ？」

「私も寝たことがあるからそれは知っているわ」

セオは微笑んで立ち上がり、マディの手を引いて立ち上がらせた。「ものすごく寝心地がいいんだよ。二人の人間が横になれるくらいに」

「セオ！　まさかオフィスで不謹慎な行為に及ぼうと言っているの？」

「あそこが僕に思いつけるいちばん近い場所だからさ」

「たしかに私のホテルよりは近いけれど」

ホテルの名前を聞いてセオは笑った。「僕が訪ねなかった数少ないホテルの一つだな」

「私を捜してくれたの？」

「そうだよ。礼拝に行くまでずっと、君が泊まっていそうなホテルと、予約した可能性のあるフライトを調べていた。まるで君はあとかたもなく消えてしまったみたいだった。もう少しで、君は僕とアイビーを救うために遣わされた天使かと思うところだった」

「天使はオフィスのベッドで不謹慎な行為に及んだりはしないわ。私は天使じゃなくて、恋に落ちた生身の女よ」マディはセオの肩に頭をあずけた。「まあ、セオ。あの明かりを見てごらんなさい」

クリスマスのイルミネーションが、希望と新しい出発をことほぐようにきらきら輝いていた。折しも雪がちらつき、柔らかな雪片がマディの髪に落ちた。

「本当だ。きれいだな」

「アイビーは何と言っていたって？」

「〝心の底から信じて願わなければ、この魔法は起きない〟って」

マディは背伸びをしてセオにキスすると、本降りになり始めた雪に目をやった。

「私は信じるわ、セオ。今すぐ魔法を起こしましょう」

エピローグ

セオは紫色の聴診器をもらい、ホープの写真は新しいフレームに収まった。結婚式の服を買いに行った日に、マディがこっそりフレームを買っておいてくれたのだ。リストに挙げられた他のプレゼントの大半は、昨日の午後、礼拝の後に大急ぎで買い集められ、今朝早くアイビーの病室で開封された。ただし二つだけ、その場にないものがあった。一つはセオの自宅でジュディと待っており、もう一つは特別な場所に隠してある。

病院が総力を挙げて企画したクリスマスパーティの会場で、セオの横にはマディが寄り添っていた。彼女がイギリスにとどまり、これからもいっしょに働くと言ってくれたのが、いまだに信じられない。少なくとも、間違いなく僕は地球上で最高に運のいい男だ。少なくとも、間もなくそうなるはずだった。

サンタクロースが会場に姿を現すと、セオはマディの手をぎゅっと握った。サンタは幼い患者たちの輪の中に進み出て、持っていた袋を開いた。そして袋から最初のプレゼントを取り出した。アイビーも目を輝かせてサンタを見上げている。

「ホー！　ホー！　ホー！」サンタが袋をどすんと床に下ろした。「ここにグラント・ウィリアムスンへのプレゼントがあるぞ」サンタは包みをイービーに渡した。包みを受け取ったイービーが手を離すとき、何となく名残惜しそうに見えた。

「ちょっと待って」マディのささやき声がセオの耳をくすぐった。「ひょっとしてサンタは……」

「そう、ライアンだよ。でも秘密にしておいてくれ」セオはマディに頬を寄せた。詮索の目を向けてくるスタッフもいたが、セオはかまわなかった。

この場を祝う者の中には、二人以外にもカップルがたくさんいるのだから。ライアンとイービー。フィンとネイオミ。そして部屋の奥にマルコとアリス。ただしこの二人は今イタリアにいるので、パソコンを通じてのリモート参加だ。あたりにはクリスマスプレゼントとも、窓の外で輝く雪景色とも関係ない魔法が渦巻いている。

愛の魔法だ。

クリスマス礼拝でマディを見つけられたことが、今でも信じられなかった。絶望のどん底が無上の幸福に転じたあの瞬間、セオはただ呆然《ぼうぜん》と胸の高鳴りを感じることしかできなかった。

次々とプレゼントが渡され、子どもたちが笑いさざめきながら包みを開けていった。患者たちの笑顔を見るのは嬉《うれ》しかった。病室を離れられないほど重篤な子どもたちには、後でライアンが個別に部屋を訪ね、小さな幸せを配る予定だった。愛が人を癒やす力は驚くべきものだ。

愛はセオを癒やしてくれた。そしてアイビーも。

「ホープの写真を、あなたのオフィス以外にも飾れないかしら」

「何だって?」袋から次のプレゼントを出すサンタを見ていたセオは、マディに目を向けた。

「そうすればアイビーは、自分がどれほど母親に愛されていたか実感しながら成長できるわ」

目の奥が重苦しくなった。子ども時代のマディは親の愛に恵まれなかったのに。これからは僕が生涯をかけてマディを愛してやろう。「良い場所を探しておくよ。ありがとう」

マディはすっかりリラックスして、セオにもたれかかった。

「アイビー・ホークウッド、君の番だ」

娘の名前が呼ばれ、セオはマディに腕を回した。

「さあ、いよいよだぞ」

二人から一メートルほど離れた場所で、イービーがアイビーの前にひざまずき、何の変哲もない白い封筒を渡した。

アイビーの困惑が手に取るようにわかった。他のみんなは、いかにもクリスマスらしくラッピングされたプレゼントをもらっているのに、自分は封筒一枚だからだ。まさかこんなことになると思っていなかったので、セオにはプレゼントを包装する暇がなかった。だからジュディに頼んで写真を撮ってもらい、そのデータを大急ぎで印刷して、サンタの装束を着る直前のライアンに手渡したのだ。

マディは約束をすべて果たしてくれた。彼女はアイビーの病気の原因を解明し、回復への道筋をつけてくれた。

あなたと愛を交わしたおかげよ、とマディは主張した。あのとき脚がしびれたからこそ、動静脈瘻《どうじょうみゃくろう》が頭に浮かんだのだと。少なくとも、あんなにすぐには思いつけなかったわと。

でも、手がかりの有無にかかわらず彼女が答えにたどり着いていたことを、セオは疑わなかった。

「アイビーはきっと気に入るわ」

「そうだといいが」

アイビーが封筒を破ると、一枚の写真がひらひらと床に落ちた。アイビーは写真を拾って、しばらく見つめていたかと思うと、ぱっとこちらをふり返った。「これって……これって……?」

セオがうなずくと、アイビーは目を大きく見開いて、写真を胸にかき抱いた。「ドゥードルにそっくり!」

アイビーはあのセラピードッグが大好きだった。仲良くなりすぎるのは考えものだとセオが思ったときもあった。けれどセオの考えは変わった。ときには思い切って運命を信じるべきだ。

「毛の色は同じだけど、この子はトイプードルだからドゥードルほど大きくならないんだよ」セオはかがんで、写真をちょんとつついた。「でも、くるくるした毛がよく似ているだろう? この子はジュディといっしょに家で待っているよ」

「パパ、本当にありがとう! 早く会いたくてたまらないわ!」アイビーは勢いよく立ち上がり、セオとマディに抱きついてきた。

「どういたしまして」

「とっても素敵なプレゼントね」そう言って立ち上がったイービーが、一拍おいてから、セオに問いかけるように眉を上げた。「でも、もっと素敵なプレゼントがあるはずなの。出してもいいかしら?」

セオはうなずいた。「もちろんだ」今こそ運命を信じるべきときだった。

ライアンが袋の底に手を伸ばし、捜していたものをつかんだ。

「これが最後のプレゼントだ」

マディがけげんな顔で会場を見渡した。彼女が何を考えているかは想像がつく。子どもたちはすでにみんなプレゼントを受け取っている。

「マディスン・アーチャー」

イービーが小さな包みを二人のところに持ってきた。けれど彼女はそれをマディには渡さず、セオに手渡した。「贈呈役の栄誉はあなたに譲るわ」

本当は二人きりになれるタイミングを待ったほうが良かったかもしれない。万一断られたら、みんなの前で恥をかくことになる。

でも彼女が断るはずがない。僕を愛していると言ってくれたのだから。彼女の言葉を信じるべきだ。

セオはプレゼントを裏返すと、手早く包装を解き、ベルベットの小箱を出した。

「セオ……」

ひざまずくスペースはなかった。だからセオは立ったまま箱を開け、中のダイヤの指輪が見えるようにした。昨夜、地元で宝石店を営んでいる友人に頼みこんで店を開けてもらい、買い求めたものだ。

「君といっしょに生きていきたい。今日も明日も、これからもずっと。僕と結婚してくれるかい？」

マディはセオの首にしがみつき、彼の胸に顔を埋めた。緊張の一瞬、部屋が静まりかえった。やがて、くぐもった「ええ」という返事がセオの耳に届いた。

「でかした《ストゥペンド》！」最初に沈黙を破ったのは、拳を突き上げたマルコの叫びだった。「二人ともおめでとう」

フィンも二人に歩み寄り、祝福を述べた。「君たち以上のカップルはいないよ」その横でネイオミがマディをぎゅっとハグしている。次から次へとお祝いを述べるスタッフが二人のもとに押し寄せた。彼らがみな心から嬉しそうなので、セオはわずかに残る気恥ずかしさを忘れることができた。

ようやく騒ぎがおさまり、セオが未来の花嫁の指に指輪をはめるころには、人々は部屋の反対側に準備された軽食のテーブルのほうへ移動を始めていた。あとにはセオとマディとアイビーだけが残された。

アイビーがセオに、すべての始まりとなったメモ帳を手渡した。「あたしの最後の願いごとは？」

セオは笑顔でメモ帳を受け取ると、最初のページを開いた。「どれのことだ？　願いごとは全部叶《かな》ったはずだが？」

「まだ一つ残ってるよ」

マディがこのメモ帳をポケットにしまいこみ、どんな秘密が書かれているのだろうと訝《いぶか》しんだのが、大昔のことのようだ。今ではセオは、暗記できるほどこのリストを熟知している。

セオはポケットからペンを出し、〝子犬〟の横にチェックを入れた。「これかな？」

「ううん、それじゃない」アイビーはにっこり笑ったが、その声は少し不安そうに震えていた。

「おまえが言いたいことはわかっているよ。心配は要らない。ちゃんと叶ったから」

そう言ってセオは〝パパにクリスマスを好きになってもらうこと〟の横にチェックを入れた。それからセオは娘の頭にキスを落とし、軽食のテーブルへ送り出した。

「やれやれ。やっとこれで二人きりになれた」セオはメモ帳を片づけた。

「本当に？」マディはささやき、セオの顔に指先を走らせた。「本当に好きになったの？」

「もちろんさ。君を愛しているのと同じくらいね。今も、これからもずっと」

「私もよ」マディがセオを引き寄せ、軽くキスすると、すぐそばのツリーのライトが同意するようにちかちかと瞬いた。「私も愛しているわ、セオ」

ハーレクイン®

クリスマスの最後の願いごと

2024年12月20日発行

著　　者　ティナ・ベケット
訳　　者　神鳥奈穂子（かみとり　なほこ）

発 行 人　鈴木幸辰
発 行 所　株式会社ハーパーコリンズ・ジャパン
東京都千代田区大手町 1-5-1
電話 04-2951-2000（注文）
0570-008091（読者サービス係）

印刷・製本　大日本印刷株式会社
東京都新宿区市谷加賀町 1-1-1

表紙写真　© Serezniy | Dreamstime.com

ISBN978-4-596-71769-6 C0297

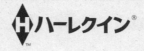

◆◆◆ ハーレクイン・シリーズ 12月20日刊 発売中

ハーレクイン・ロマンス
愛の激しさを知る

極上上司と秘密の恋人契約	キャシー・ウィリアムズ／飯塚あい 訳	R-3929
富豪の無慈悲な結婚条件 《純潔のシンデレラ》	マヤ・ブレイク／森　未朝 訳	R-3930
雨に濡れた天使 《伝説の名作選》	ジュリア・ジェイムズ／茅野久枝 訳	R-3931
アラビアンナイトの誘惑 《伝説の名作選》	アニー・ウエスト／槙　由子 訳	R-3932

ハーレクイン・イマージュ
ピュアな思いに満たされる

クリスマスの最後の願いごと	ティナ・ベケット／神鳥奈穂子 訳	I-2831
王子と孤独なシンデレラ 《至福の名作選》	クリスティン・リマー／宮崎亜美 訳	I-2832

ハーレクイン・マスターピース
世界に愛された作家たち
～永久不滅の銘作コレクション～

冬は恋の使者 《ベティ・ニールズ・コレクション》	ベティ・ニールズ／麦田あかり 訳	MP-108

ハーレクイン・プレゼンツ作家シリーズ別冊
魅惑のテーマが光る
極上セレクション

愛に怯えて	ヘレン・ビアンチン／高杉啓子 訳	PB-399

ハーレクイン・スペシャル・アンソロジー
小さな愛のドラマを花束にして…

雪の花のシンデレラ 《スター作家傑作選》	ノーラ・ロバーツ 他／中川礼子 他 訳	HPA-65

文庫サイズ作品のご案内

◆ハーレクイン文庫…………………毎月1日刊行
◆ハーレクインSP文庫……………毎月15日刊行
◆mirabooks…………………………毎月15日刊行

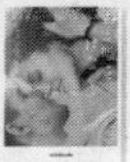

※文庫コーナーでお求めください。

12月26日発売　ハーレクイン・シリーズ 1月5日刊

ハーレクイン・ロマンス

愛の激しさを知る

秘書から完璧上司への贈り物 《純潔のシンデレラ》	ミリー・アダムズ／雪美月志音 訳	R-3933
ダイヤモンドの一夜の愛し子 〈エーゲ海の富豪兄弟 I〉	リン・グレアム／岬　一花 訳	R-3934
青ざめた蘭 《伝説の名作選》	アン・メイザー／山本みと 訳	R-3935
魅入られた美女 《伝説の名作選》	サラ・モーガン／みゆき寿々 訳	R-3936

ハーレクイン・イマージュ

ピュアな思いに満たされる

小さな天使の父の記憶を	アンドレア・ローレンス／泉　智子 訳	I-2833
瞳の中の楽園 《至福の名作選》	レベッカ・ウインターズ／片山真紀 訳	I-2834

ハーレクイン・マスターピース

世界に愛された作家たち
～永久不滅の銘作コレクション～

新コレクション、開幕！

ウェイド一族 《キャロル・モーティマー・コレクション》	キャロル・モーティマー／鈴木のえ 訳	MP-109

ハーレクイン・ヒストリカル・スペシャル

華やかなりし時代へ誘う

公爵に恋した空色のシンデレラ	ブロンウィン・スコット／琴葉かいら 訳	PHS-342
放蕩富豪と醜いあひるの子	ヘレン・ディクソン／飯原裕美 訳	PHS-343

ハーレクイン・プレゼンツ作家シリーズ別冊

魅惑のテーマが光る
極上セレクション

イタリア富豪の不幸な妻	アビー・グリーン／藤村華奈美 訳	PB-400

※予告なく発売日・刊行タイトルが変更になる場合がございます。ご了承ください。